가자에 띄운 편지

발레리 제나티 지음
이선주 옮김

바람의아이들

가자에 띄운 편지

초판   1쇄 발행 | 2017년 2월 10일

개정판 1쇄 발행 | 2024년 7월 5일

개정판 2쇄 발행 | 2024년 11월 15일

지은이 | 발레리 제나티

옮긴이 | 이선주

펴낸이 | 최은정

만든이 | 김민령 안의진 유수진

펴낸곳 | 바람의아이들

등록 | 2003년 7월 11일 (제312-2003-38호)

주소 | 03035 서울특별시 종로구 필운대로 116 (신교동) 신우빌딩 501호

전화 | (02) 3142-0495   팩스 | (02) 3142-0494

이메일 | barambooks@daum.net

인스타그램 | @baramkids.kr

제조국 | 한국

본 도서의 수익금 중 일부는 가자지구 긴급구호를 위해 국경없는의사회에 기부됩니다.

가자에 띄운 편지

발레리 제나티 지음
이선주 옮김

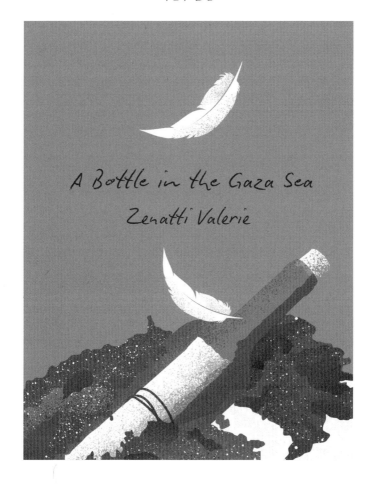

A Bottle in the Gaza Sea
Zenatti Valerie

바람의아이들

여러분이 발견한 이 유리병은

"소설은 어떻게 태어나는가?" 사람들이 흔히 던지는 질문이지만, 저는 여전히 그에 대한 정답을 가지고 있지 않습니다. 하지만 뚜렷하게 의식할 수는 없어도 첫 문장이 태어나기 직전에 상상 속에서 인물과 배경, 이야기의 구조가 자리를 잡는 신비로운 순간이 있다는 건 알고 있습니다.

그런데 지금 여러분이 손에 들고 있는 이 책은 그런 과정을 거쳐 태어나지 않았습니다. 그러니까 이 소설은 순전히 '상상력의 산물'만은 아닙니다. 이 소설의 무대는 거의 매일 텔레비전 뉴스를 장식하다시피 하고 있는 이스라엘과 팔레스타인입니다. 지도에서 보면 아주 작은 땅덩어리지만 20세기에 이어 21세기에도 분쟁이 끊이지 않는 곳이자 미디어를 통해 세계에서 가장 많이 보도되는 곳이기도 하지요.

하지만 우리가 여러 미디어에서 보고 또 보게 되는 것은 늘 같은 이미지들—탱크, 군인, 자살 폭탄 테러로 폭발한 버스, 파괴, 눈물뿐입니다. 이렇게 반복되는 장면들 사이에 유일한 차이점이 있다면 그 속의 희생자들이 바뀐다는 것이지요. 그런데 사람들은 이런 사실을 알고 있을까요? 이런 상황에 대해 생각은 해 볼까요?

저는 아니라고 생각합니다.

인터넷 덕분에 우리는 언제 어디서든 손쉽게 정보를 얻을 수 있는 세상에서 살아가고 있습니다. 그래서 때로는 어떤 사태나 사건에 대해 아주 잘 알고 있다고 여기기도 합니다. 하지만 '좋은 사람'과 '나쁜 사람'이라는 이분법적인 구분과 수많은 이미지들의 이면에 있는 인간의 현실에 대해서 정작 우리는 전혀 모르고 있거나 아주 조금밖에 알지 못하는 게 사실입니다.

저는 역사와 정치에 관심이 아주 많습니다. 하지만 작가로서, 또한 한 사람으로서는 그 대단한 역사 속의 '작은 얘기들'과 인간이 처한 현실에 더 관심이 많습니다. 정치와 역사의 혼란과 더불어 생겨나는 반향과 모순 사이에서 살아가는 사람들과 그들의 삶 말입니다. 저는 지구 곳곳에서 '사랑하다', '꿈꾸다', '성장하다' 같은 동사들이 어떤 의미를 지니는지에 관심이 많습니다.

백과사전을 펼쳐 보면 한국에 대해 여러 가지를 알 수 있습니다. 4천만이 넘는 인구, 수도인 서울에만도 1천만 명이 넘는 인구가 살고 있는 반도

국이라는 것, 그리고 2002년 월드컵을 개최했다는 것도 알게 됩니다. 그 많은 산들과 현대화된 도시들을 상상해 보기도 합니다. 하지만 백과사전 어디에도 한국의 젊은이들이 어떤 꿈을 꾸는지, 역사를 어떻게 바라보는지에 대해서는 쓰여 있지 않습니다.

문학의 역할은 바로 거기에 있습니다. 교훈을 주는 것이 아니라 보고, 느끼고, 어쩌면 이해할 수 있도록 하는 것이지요.

저는 이스라엘 사람들을 압니다. 팔레스타인 사람들도 압니다. 그곳에서 8년을 살았던 경험 덕분에 이 두 민족과 가까워질 수 있었습니다. 저는 그들을 분리하고 있는 경계선의 이쪽과 저쪽에서 생겨나는 증오와 원한, 그 한가운데에서 이런 도전을 해 보고 싶었습니다. 양쪽 모두에 자신을 동일시해 보는 것, 경계선을 자유롭게 넘나드는 것, 누구한테도 허가를 받지 않고 예루살렘에서 가자로 가 보는 것. 이런 일은 바로 소설만이 해낼 수 있는 것들이지요. 그래서 이 책은 하나의 '유리병'이 되었습니다. 모험소설에서 바다에 던져지는 유리병처럼, 언젠가는 누군가에게 발견되기를 바라면서요.

이 모험을 저와 함께 해 주셔서 감사합니다.

파리에서
발레리 제나티

7

당신은 약속했지요 비둘기 한 마리를

올리브 나뭇가지를

당신은 약속했지요 조국의 평화를

당신은 약속했지요 봄을

그리고 만발한 꽃들을

당신은 당신의 약속들을 지키겠다고 약속했지요

당신은 약속했지요 비둘기 한 마리를

– 사무엘 하시프리(이스라엘 작사가), 「겨울 73」

그는 내게 작별을 고했다……

그는 하얀 백합꽃을 찾고 있었다

올리브 나뭇가지 위에서

아침을 반기는 새 한 마리를

그는 모든 걸 느껴지는 대로 느끼는 대로 받아들였다

그는 내게 말했다 조국

그건 바로 어머니가 끓여 주는 커피를 마시는 것이고

해가 지면 돌아와서 편안해지는 거라고

– 마흐무드 다르위치(팔레스타인 시인), 「하얀 백합꽃을 꿈꾸었던 군인」

2003년 9월 9일 예루살렘

어둡고 우울하고 두려운 나날들이다. 다시 공포가 찾아왔다.

엄마는 내일 일찍 등교해야 하니까 가서 자라고 벌써 세 번씩이나 말했다. 그때 갑자기 창문이 흔들리는 바람에 가슴이 철렁했다. 숨이 덜컥 막히는 줄 알았다. 나는 곧 우리 집 바로 옆에서 폭발이 일어났다는 것을 깨달았다.

폭발. 테러였을 것이다.

군간호사인 에탄 오빠가 비상구호 가방을 들고서 곧장 밖으로 나갔다. 아빠는 잠시 망설이다 오빠를 따라 나갔다. 엄마는 울먹이면서 나를 두 팔로 감싸안더니 늘 그랬듯 네 가지 일을 한꺼번에 했다.

텔레비전을 켜고, 라디오를 틀고, 인터넷까지 켜 놓은 다음 휴대폰에 몰입하기. 나는 엄마의 그런 행동을 '고도의 기술적인 연쇄반응'이라고 부른다.

나는 내 방으로 뛰어 들어갔다. 이제 불 끄라는 잔소리는 아무도 하지 않을 것이다. 어쩌면 내일은 학교를 늦게 가거나, 아니, 아예 결석을 한다 해도 아무도 뭐라 하지 않을 것이다. 이렇게만 말하면 될 테니까. 우리 동네, 그것도 내가 늘 오가는 길에서 테러가 발생했다고. 그래서 밤새도록 악몽에 시달렸고 혈압이 떨어졌고 너무 무서워서 길을 나설 수도, 집 밖을 나갈 수도 없었다고. 바르질리아 선생님은 내 말을 믿을 것이다. 내일 수학 시험이 있기는 하지만.

폭발 소리가 들리고 나서 몇 분 뒤에 구급차 소리가 들렸다. 구급차는 정말 끔찍한 소리를 낸다. 공기와 고막을 찢는 소리. 하드록 공연에나 딱 어울릴, 문 사이에 꼬리가 끼인 고양이의 소름 끼치는 울음소리. 다섯, 여섯, 일곱 대의 구급차. 난 그 모두를 세지는 않았다.

계속 전화에 대고 얘기하는 엄마의 목소리와 텔레비전에선지 라디오에선지 흘러나오는, 현장 기자의 또록또록하면서도 불규칙한 음성이 들려왔다. 틀림없이 죽은 사람도 있을 것이다. 거의 늘 사망자들이 있었으니까. 하지만 나는 사망자가 몇 명이며 그들이 누구인지 알고 싶지 않다. 특히 오늘만은. 왜냐하면 우리 집 바로 옆에서 그 일이 일어났으니까.

정적 속에 한껏 파묻히고 싶은데 그러려면 뭘 어떻게 해야 하는 걸까?

레몬향 보드카를 조금 마셔 볼까 하고 부엌으로 갔다. 엄마는 나를 보지 못했다. 지나가면서 아빠의 수영용 귀마개를 집어 들었다. 이걸로 귀까지 막고 내 큰 베개에 파묻히면 오늘 밤은 쉽게 잠들 수 있을지도 모른다. 내일 깨어났을 때 아무 일도 없었다고 그냥 악몽이었을 뿐이라고 말해 주는 사람이 없다고 해도.

보드카는 내게 맞지 않았다. 아무래도 반 잔은 지나쳤던 모양이다. 이 힘이 되자 얼굴이 부었고 머리까지 지끈거렸다.

"너 꼭 벅스 버니 같다."

오빠가 손으로 내 머리카락을 헝클어뜨리며 말했다. 오빠는 이 세상에서 유일하게 내 머리카락을 마음대로 만져도 되는 사람이다. 오빠도 그걸 알고 있어서 은근히 즐기는 것 같다.

오빠가 나를 보며 웃음을 지었다. 끔찍한 장면들을 마주하며 밤을 보낸 사람의 얼굴 같지 않았다. 하긴 끔찍한 걸 본 사람의 얼굴이 딱히 어떠해야 한다는 법은 없다. 우리 오빠는 스무 살이고, 가자 지구에서 군 복무를 하고 있다. 그러니 끔찍한 일이라면 날마다 겪고 있을 게 분명했다. 그나마 좀 조용하다 싶을 땐 이틀에 한 번씩. 오빠는 끔찍한 장면들을 보지 않거나 쉽게 잊어버리는 비법을 터득했을 것이다. 너무 빨리 노인을 닮아 버리지 않도록.

이상하다. 어제랑 오늘처럼 이렇게 글을 많이 써 본 적이 없었다. 우리 반 여학생들 중에는 일기를 쓰면서 매일 자신에게 일어나는 일을 기록하는 아이들이 있다. 나는 그런 적이 없었다. 내 연애 문제를 요리조리 분석해 보거나, 부모님들이 구닥다리에 형편없다고 불평해 대거나, 내 꿈들을 늘어놓기 위해서 일기 같은 걸 쓰지는 않았다. 어쨌든 일기장에는 그런 얘기들을 쓰는 거라고 생각했다.

열세 살이 되던 날, 할머니가 『안네 프랑크의 일기』를 선물로 주셨다. 제2차 세계대전 때 나치의 수용소로 끌려가기 전까지 2년 동안 가족들과 은신처에서 숨어 살았던 유대인 소녀의 얘기다. 안네는 작가가 되고 싶어 했다. 그리고 무엇보다도 나치에게 끌려가 죽지 않고 자유롭게 살면서 영화 보러 극장에도 가고, 공원에서 산책도 하고, 나무들을 쳐다보며 새들의 지저귐을 들을 수 있기를 바랐다. 안네의 은신처에는 페터의 가족도 있었다. 페터는 안네가 사랑한 소년이다. 나는 늘 궁금했다. 안네가 페터를 정말 사랑한 건지, 아니면 단지 페터가 주위에 있는 유일한 소년이라서 선택의 여지가 없었던 건지…….

나를 가장 가슴 아프게 한 것은 바로 책의 마지막 구절이었다. "안네 프랑크는 베르겐벨젠 수용소가 해방되기 두 달 전에 사망했다."

두 달이면…… 그리 긴 시간도 아닌데. 그 구절을 열두 번도 더 읽은 나는 안네 프랑크의 손을 오래도록 꼭 잡고서 이렇게 말하고 싶었다. "내 손 꼭 잡아. 지옥은 곧 끝날 거야. 평생 동안 계속되지는 않을 거야. 두 달만 기다리면 돼. 꼭 잡아. 그러면 넌 자유로워질 거야. 그래서 극장에도 가고, 나무도 쳐다보고, 새들의 노래도 듣고, 어쩌면 작가도 될 수 있을 거야. 그러니 제발 살아 있어 줘!"

하지만 정말 안타깝게도 내겐 초능력이나 타임머신이 없다.

왜 이런 얘길 쓰고 있는지 모르겠다. 나는 문학 점수를 꽤 잘 받는 편이지만, 그렇다고 작가가 되길 꿈꾸지는 않는다. 내가 하고 싶은 건 바로 영화 만드는 일, 영화감독이 되는 것이다. 아니면 소아과 의사. 아직 확실히 결정하진 않았다. 그런데 나는 어제 저녁부터 무척 글이 쓰고 싶어졌고, 글 쓰는 것만 생각하고 있다. 마치 내 속에 언어의 강이 흐르고 있어 그게 범람해야만 살아남을 수 있는 듯. 절대로 멈출 수 없을 것만 같다.

나는 뉴스를 피할 수가 없었다. 내 눈에 보이고 내 귀로 들려오는 신문과 라디오는 사방에서 비극을 얘기하고 있었다.

테러리스트는 힐렐 카페 안에서 폭탄과 함께 자폭했다고 한다. 여섯 구의 시신이 발견되었다. 이 정도는 보통의 테러라고 부른다. 무슨 말이냐 하면, 한 이틀 동안 얘깃거리가 되고 주말판 신문에서도 조금 언급하는 정도의 테러라는 말이다. 비극이 일어났다. 비극 속에 또 하나의 비극. 어떤 젊은 여자가 죽었다. 아빠와 함께. 그 여자는 오늘 결혼식을 올릴 예정이었다. 예쁜 드레스를 입기 몇 시간 전, 사진사가 아들딸 많이 낳으며 행복하게 잘 살게 될 그 젊은 커플을 예루살렘에서 가장 아름다운 장소로 데려가서 사진을 찍기 바로 몇 시간 전에 그 여자는 죽은 것이다. '결혼식을 올릴 시간조차 없었던' 신랑은 관 앞에서 얼이 빠진 채 있었다. 그는 죽은 신부의 손가락에 결혼반지를 끼우려 했지만 랍비가 죽은 이와 결합하는 건 종교에서 금지하고 있다며 막았다.

이렇게 절망적일 땐 뭘 어떻게 해야 하는지도 종교 율법에 적혀 있는지 정말 궁금해진다.

이제는 결혼할 수 없게 되어 버린 그 신부의 얼굴을 잊어버리기 위해 나는 눈을 감는다. 스무 살밖에 안 된, 나보다 겨우 세 살 많은 신부. 내게 남은 생이 3년뿐이라는 걸 알게 된다면 내 삶은 과연 어떻게 될까? 모르겠다. 어리석고 쓸데없는 질문이겠지. 하지만 난 그 생각을 떨쳐 버릴 수가 없다.

요즘처럼 두려움에 사로잡힐 때면 우리 모두는 우리가 누구인지를 잊어버리는 것 같다. 우리는 마치 서로를 잠재적인 희생자인 듯이, 누군가 바로 우리 곁에서 폭발하려고 마음만 먹으면 금세 피투성이가 되고 말 몸인 듯이 바라본다. 난 내가 누구인지, 어떤 존재인지 알고 싶다. 대체 무엇이 나의 죽음을 다른 이의 죽음과 다르게 만드는 걸까? 이런 얘기를 부모님이나 친구들에게 한다면 다들 눈이 휘둥그레져서는 다정한 말투로 좀 쉬라고 하겠지. 내가 글을 쓰기로 맘먹은 건 바로 이 때문이다. 이런 내 생각들 때문에 다른 사람들이 놀라시 잃도록. 이런 생가들을 말하며 분명히 나더러 정신이 나갔다고 할 테니까.

날아가는 비둘기들을 보다

내 이름은 탈 레빈. 1986년 7월 1일에 텔아비브에서 태어났고, 지금은 여기 예루살렘에서 살고 있다. 이 지구에 사는 사람이라면 누구나 예루살렘이라는 이름을 알고 있을 것이다. 만일 외계인이 있다면 그들도 분명히 들어 봤을 것이고. 예루살렘, 말도 많고 탈도 많은 도시. 하지만 누구도 아빠와 나만큼 이 도시를 잘 알지는 못할 것이다. 역사와 고고학에 조예가 깊은 아빠는 이스라엘에서 가장 훌륭한 관광 가이드 중 한 사람이다. 다른 나라 수반이 이스라엘을 방문할 때면 사람들은 아빠를 부른다. 아빠는 바위도 살아 움직이게 할 만큼 훌륭한 이야기꾼이기 때문이다. 아빠는 마술사다. 다윗 왕이 바다와 강에서 뚝 떨어져 있던 이 돌산을 선택해서 어떻게 왕국의 중심지로 만들었는지, 그의 아들 솔로몬이 어떻게 사원과 궁전들을 건설했는지, 바빌로니아의 네부카드네자르 2세와 고대 로마인들이 어떻게 사원을 파괴했는지를 설명할 때면 아빠의 투명한 초록색 눈동자는 유난히 반짝거린다. 십자가에 매달려 언덕을 바라보았던 예수에 대해 아빠는 몇 시간이고 얘기할 수 있다. 아빠는 "탈, 너도 생각해 보렴. 바로 여기에서 모든 게 일어났고, 앞으로도 일어날 거란다."라고 자주 말하신다. 세월이 한참 흐른 뒤 유럽의 십자군이 와서는 예수의 무덤을 탈취하기 위해 무슬림과 싸웠다는 얘기도 아빠한테 들었는데, 오랫동안 거룩한 도시라 불렸던 이곳은 그때 이후로 그 웅대함을 잃어버렸다고 한다. 그래서 100년 전만 해도 성벽으로 둘러싸인 이 자그마한 구 도시가 예루살렘의 전부였다는 것이다.

아빠는 이렇게 말했다 "이 어둠침침한 골목길들, 바로 이 골목길에서 당나귀가 사람을 들이받아도 그땐 그가 유대인이든 기독교인이든 무슬림이든 전혀 개의치 않았어. 이곳에서 수천 명의 용맹하고 독실한 사람들이 세 종교의 성지들을 보살폈단다. 시대가 바뀌어 근대로 접어들면서 예루살렘이 거룩한 곳이었다는 걸 사람들이 잊어버리게 될 테니 이 성지만이라도 잘 보존해서 사람들이 길이길이 기억할 마지막 자취로 만들어야 한다고 생각했던 거야. 하지만 잘못 생각했던 거지. 유대인들이 선조들의 땅으로 되돌아오려 하자 이 도시

18

엔 대립이 시작되었어. 유대인들은 자신들이 3천 년 전에 그 누구보다도 먼저 여기서 살았으며, 그건 성서에도 쓰여 있다고 주장했지. 나라 없이 떠돌았던 지난 2천 년 동안 자신들의 기도는 오직 예루살렘을 향했다고. 그러자 무슬림들도 맞서 주장했어. 자신들은 1300년 동안 이곳에서 살아왔으며, 그게 아무것도 아니라고는 할 수 없지 않느냐고. 게다가 성인 무함마드가 바로 여기서 승천했다고 말이야. 그러자 기독교인들도 뒤질세라 거들었지. 예수가 여기서 죽었고, 다시 강림한다면 같은 장소일 가능성이 많으니 자신들 중 누군가 남아서 예수를 맞이해야 한다고. 그런데 탈, 보렴! 모두들 이 도시의 가치를 있는 그대로 사랑하기보다는, 서로 사이좋게 지내려 하기보다는 이 도시를 두고 50년이 넘게 계속 싸우고만 있잖아. 마치 남자들이 한 여자를 두고서 열정이 지나쳐 매일 상대방에게 증오를 조금씩 더해 가면서 싸우듯이. 사람들은 자신들이 벌이는 전쟁이 오히려 이 도시를 사랑한다고 외치는 사람들을 다치게 하고 이 도시까지 파괴하고 있다는 걸 깨닫지 못하고 있어."

아빠는 내가 여느 사람들과 다른 시각으로 이 도시를 바라보면서 몇 시간이고 시간여행을 하며 산책할 수 있게 해 주는 훌륭한 시인이자 이야기꾼이다. 이 세상엔 멋진 도시들이 많다는 걸 알고 있다. 파리, 베니스, 베이징, 뉴욕 같은 도시들이 부러울 때도 있다. 하지만 내가 살고 싶은 곳은 바로 여기, 예루살렘이다.

살고 싶지, 죽고 싶지는 않은.

이내 테러 사건이 다시 떠올랐다. 다른 건 오랫동안 생각할 수가 없다. 테러가 바로 우리 집 옆에서 일어났다는 사실을 잊어버릴 수가 없다.

몇 년 전에 아빠와 에탄 오빠랑 사해 부근으로 여행을 갔던 적이 있다. 그때 나는 넘어져서 상처가 흉하게 났다. 그 상처는 정말 흉측하고 끔찍했지만, 무릎에서 발목까지 길게 쭉 벌어져 있는 상처와 흐르는 피에서 눈을 뗄 수가 없었다. 마치 내 종아리가 아닌 것 같았다.

지금은 상처만 없을 뿐 그때와 똑같다. 아니, 내 머릿속은 토막이 나 있다. 힐렐 키페는 내가 자주 가는 곳이다. 외출을 나온 에탄 오빠나 내 친구들과 같이. 그러니까 우리들이 그 자리에 있었을 수도 있다. 삶과 죽음이 이렇듯 사소한 것에 달려 있다니 이해할 수가 없다. 저 아래 카페에 가고 싶은지 아닌지에 생사가 갈리다니.

3년 전부터 예루살렘에서는 셀 수 없을 정도로 많은 테러가 일어난다. 어떨 땐 매일, 아니, 하루에도 두 번씩. 우린 더 이상 텔레비전으로 중계되는 장례식을 따라잡을 수가 없게 되었고, 가족들과 함께 우는 것도 벅찰 만큼 너무 많은 테러가 일어나고 있다.

사람들은 익숙해지고 있다고들 하는데 난 아니다.

나는 팔레스타인 사람들과 우리들 사이에 갈기갈기 찢어진 몸, 피, 증오 말고도 다른 걸 공유할 수 있다는 생각을 하면서 자랐다.

내가 일곱 살이었던 1993년 9월 13일을 나는 아직도 생생하게 기억한다. 아빠랑 엄마는 직장에 가는 대신 스낵과 작은 소시지, 피스타치오를 잔뜩 준비했고 샴페인도 사 왔다. 엄마 아빠의 눈은 텔레비전 화면에서 떠날 줄 몰랐다.

우리 집에서 대낮에 텔레비전을 켜는 일은 아주 드물었다. 우리 부모님이 그런 군것질거리를 사는 일은 더욱 드물었다.

에탄 오빠와 내가 마구 군것질을 하도록 놔두는 일도 드물었다. 더욱이 일곱 살 난 내게 샴페인을 주는 건 있을 수 없는 일이었다.

바로 이런 이유들 때문에 내가 1993년 9월 13일을 이토록 잘 기억하고 있는지도 모른다. 텔레비전 화면으로는 달콤한 아이스크림빛 궁전 앞에 선 이츠하크 라빈 총리가 보였다. 그의 곁에는 미국 배우를 닮은 사람이 있었다. 미국 대통령 빌 클린턴이었다. 그는 라빈 총리의 어깨에 팔을 두른 채 다른 아저씨에게로 다가가고 있었다. 그 아저씨는 머리에 흰색과 검은색으로 된 네모 무늬의 머릿수건을 쓰고 있었다. 그가 바로 팔레스타인의 대표 야세르 아라파트라는 것을 사회자가 말해 줘서 알게 되었다. 두 사람이 악수를 하자 그게 마치 굉장한 일이기나 한 듯 잘 차려입은 수천 명의 사람들이 백악관—화면 아래에 "워싱턴 백악관 생중계"라고 적혀 있었다—의 잔디밭에서 박수갈채를 보내고 있었다.

그때 난 아빠와 엄마가 우는 걸 처음 보았다. 난 어쩔 줄 몰라 엄마 아빠를 원망했던 것 같다. 엄마 아빠는 갑자기 어린애 같은 여린 얼굴을 하고 있었다. 이유도 없이 눈물로 범벅이 된 얼굴 말이다. 나는 이렇게 말하고 싶어졌다. '진지하고 엄격하면서도 부드러운, 원래 모습의 부모님으로 되돌아오세요. 부모들은 울지 않는 걸로 알고 있어요. 부모들은 모르는 게 없고 늘 강한, 그것도 아주 강하잖아요. 두 남자가 악수하는 일 따위로 그렇게 우스꽝스럽게 눈물을 흘리지는 않는 거잖아요!'

동시에 아주 두려워했던 기억도 난다. 왜냐하면 우리 부모님이 우는 건 뭔가 큰 불행한 일이 일어나서 우리의 삶이 바뀌게 될 것이라는 의미라고 여겼으니까. 샴페인과 과자, 소시지와 피스타치오는 분명 우리들이 함께 보내는 이 비극적이면서 돌이킬 수 없는 마지막 순간을 기리기 위해서 준비된 것이라고 생각했다.

아빠가 날 쳐다봤다.

"탈, 이리 오렴."

아빠가 나를 무릎 위에 앉히고는 내 얼굴을 쓰다듬으며 말했다.

"애야, 어떨 땐 기뻐서 울기도 하는 거란다. 엄마 아빠는 오늘 아주 기뻐. 지금 보고 있는 저 장면은 굉장한 의미가 있는 거야. 팔레스타인 사람들과 우리 이스라엘 사람들이 이제 평화 속에서 살 수 있게 되는 거니까. 이제 전쟁은 절대로, 정말이지 다시는 일어나지 않을 것이고, 너와 에탄이 군대에 가지 않아도 될지 몰라. 너무나 오랫동안 꿈꿔 온 소식이라서 엄마랑 아빠가 이렇게 울고 있는 거란다."

아빠는 그렇게 되리라고 믿었다. 그날 아빠와 나, 적어도 우리 둘은 예루살렘의 하늘에서 흰 비둘기가 나는 걸 보았다. 나는 아빠가 하는 말이라면 무엇이든 믿으니까……

희망의 유리병 하나, 편지 한 통

오늘 아침, 펠만 선생님의 생물 시간에 일어난 일이다. 아이디어는 어떻게 생겨나는 걸까? 만화 같은 데서 보면 전구가 반짝하면서 생긴다. 깜빡! 그러면서 주인공이 성서에 나오는 천지창조 첫날의 하느님처럼 흡속해하면서 웃는다. 빛이 있으라 하여 빛이 생겼노라 하는 식이다. 그런데 아까 난 뭘 찾으려 했거나 그렇다고 내가 특별히 암흑 속에 있다고 느꼈던 것도 아니었다. 나는 펠만 선생님이 완두콩을 예로 들며 유전에 대해 설명하는 것을 주의 깊게 듣고 있었다. 완두콩 아저씨와 아주머니가 아이들을 만드는데, 작은 것과 맛있는 걸로 만들까, 아니면 통통한 것과 주름진 걸로 만들까 궁리하며 맛도 좋은 완두콩을 만들고 싶어 애태우는 모습을 상상해 보니 재미있었다. 그

24

순간, 문득 내 머릿속에서 이런 소리가 들려왔다. '내가 쓴 것을 누군가에게 보내야만 해.' 그건 내 침묵의 소리였다. 누구나 생각할 때면 머릿속에서 들려오는 소리 말이다. 펠만 선생님의 말 한마디가 날 깨웠는지도 모르겠다. 선생님은 이런 말을 했다. "유전은 동일 종에 속하는 개체들의 닮은 점과 다른 점을 가까이서 관찰할 수 있게 해서 종자들을 비교하게 만들지." 그때 우리 반 장난꾸러기 도브가 질문하려고 손을 들자 아이들이 웅성거렸다. 펠만 선생님은 도브가 처음으로 수업에 관심을 보이는 것에 흐뭇해하면서 턱을 약간 내밀고 입가에 웃음을 띠며 도브 쪽으로 몸을 돌렸다.

"그래, 도브?"

"선생님, 그와 관련해서 말이죠. 작고 초록색이면서 승강기를 오르락내리락하는 게 뭔 줄 아세요?"

반 전체가 웃음바다가 되었고, 이 수수께끼를 알아채지 못했거나 아니면 거의 30년이나 지나 이젠 잊어버렸을 펠만 선생님은 화를 냈다.

그때 다시 한번 소리가 들려왔다. '그래, 바로 그거야. 저쪽의 누군가가 내 글을 읽어야 해.'

그다음 수업인 역사 시간에 난 너무 흥분이 되어서 아무 말도 들리지 않았다. 글을 쓰고는 있었지만 수업 내용을 적는 게 아니었다. '늘 내 곁에 앉는 나랑 가장 친한 친구' 에프라트가 속삭였다.

"뭐 해, 너?"

"편지 쓰고 있어."

대답하면서 난 한 손으로 종이를 가렸다.

"누구한테?"

"그러니까…… 리오르한테."

나는 얼렁뚱땅 대답을 했다. 에프라트는 의심스러운 듯 눈썹을 치켜올렸다.

"리오르한테? 어제도 만났고, 나중에 쉬는 시간에도 만날 거면서? 게다가 너희들 편지 같은 건 절대로 안 쓰잖아."

이런 게 바로 가장 친한 친구 사이에 생기는 문제다. 모든 걸 얘기하고 함께 나누다 보면 결국에 가서는 나만의 비밀 정원은 털끝만큼도 가질 수 없게 되고, 친구는 FBI 수사요원으로 변해서는 그 비밀 정원에 묻혀 있는 뼈다귀 하나라도 찾아낼 때까지 땅을 샅샅이 파헤치고 만다.

"그러니까 말이야…… 말로는 다 표현할 수 없는 것들이 있잖아. 그래서 차라리 글로 쓰는 게 낫겠다고 생각한 거야."

이번엔 확신에 찬 목소리로 대답했다.

에프라트의 눈빛이 번득였다.

"그렇다면…… 결별의 편지?"

난 에프라트를 뚫어지게 쏘아보고 나서 만약 결별의 편지라면 지금 울먹일 거라고 말했다. 그리고 네가 그런 생각을 하면서 왜 그토록 만족해하는지 모르겠다고. 에프라트는 약간 언짢은 듯 어깨를 으쓱해 보였다. 바로 그 순간, 스스로 아주 고상하다고 자부하는 역사 선생님이 우리에게 한마디 했다.

"거기, 두 수다쟁이들! 여기가 시장이야? 응? 너희들 혀는 내 수업이 끝나거든 놀리도록 해 줘."

난 여학생들이 말하면 수다를 떠는 것이고 남학생들이 말하면 뭔가 발산해야 하는 욕구를 가진 거라고 생각하는 선생님들이 싫다. '장미나무' 선생님이 바로 그렇다. (물론 역사 선생님의 이름은 '장미나무'가 아니고 '로젠바움'이다. 엄마가 '로젠바움'이 독일어로 장미나무라는 뜻이라고 했다. 그 때문에 에프라트와 나는 이틀 동안이나 웃었다. 그러고 나서 '장미나무'는 학교에서 선생님의 공식 별명이 되어 버렸다.)

반 아이들 모두가 히죽거렸다. 어디 두고들 보라지. 특히 여자애들. 그러고 보니 여성끼리의 연대감도 여성 혐오증을 가진 남자 선생님이 던지는 거북한 농담을 이겨 내지는 못한다는 것인가?

에프라트가 집중하는 기색으로 칠판을 바라보는 바람에 나는 그제야 조용히 편지를 쓸 수 있게 되었다. 그걸 여기에 붙인다.

이름 모를 너에게

언젠가 네가 이 편지를 읽게 되면 넌 나에 대해서 몇 가지를 알게 될 거야. 내 이름, 내 나이, 우리 아버지 직업, 내 가장 친한 친구의 이름, 우리 역사 선생님 별명까지도.

그런데 난 너에 대해 아무것도 몰라.

넌 긴 갈색 머리에 엷갈색 눈동자, 그리고…… 왠지 모르지만 몽상가 분위기일 것 같아.

자주 우울해하기도 할 것 같고…….

만약 너도 나랑 똑같은 열일곱 살이라면, 넌 스스로 늙었다고 느끼는지 아니면 어리다고 느끼는지 궁금해.

때로는 너도 가슴이 두근거릴 텐데…… 너는 어떨 때 그렇고, 또 누구 때문인지도.

너도 나처럼 10년 후의 모습을 떠올려 보려고 하겠지만 뚜렷하게 보이는 건 아무것도 없을 거라는 생각이 들어.

남동생들이 있다면 널 귀찮게 하겠지만 그래도 넌 동생들을 좋아하겠지.

어쩌면 네가 무척 좋아하는 오빠가 한 명 있을지도…… 나처럼 말이야.

너도 읽어서 알겠지만, 난 우리 집 바로 옆에서 테러가 일어난 뒤부터 이 글을 쓰기 시작했어. 아직도 그 끔찍한 폭음이 들리는 것 같아. 결혼을 앞두고 있던 그 여자의 부드러운 머리카락과 웃는 얼굴이 계속 떠올라.

너도 물론 알고 있을 테지만, 테러가 있을 때마다 여기 사람들은 어떻게 팔레스타인 사람들은 무고한 생명들을 그렇게 죽일 수 있냐고 되묻곤 해. 나 역시도 그런 생각이 자주 들었고.

그러다 막연히 '팔레스타인 사람들'이라고 부르는 게 무슨 소용이 있을까 하고 생각했지. 우리 쪽과 마

28

마찬가지로 너희 쪽에도 당연히 뚱뚱한 사람들과 마른 사람들, 잘사는 사람들과 못사는 사람들, 착한 사람들과 나쁜 사람들이 있을 텐데 말이야.

네게 편지를 쓰면서 잔뜩 두려워지는가 하면 희망으로 부풀기도 해. 난 이제껏 내가 모르는 사람에게 편지를 써 본 적이 없거든. 기분이 야릇해. 내가 네게 하고 싶은 말을 잘 할 수 있을지 자신도 없고.

네가 이 편지랑 앞에 쓴 글들을 찢어 버릴지도 모르겠네. 어쩌면 넌 이스라엘이라는 이름만 듣고도 증오가 끓어오를지도 모르지. 날 비웃을지도 모르고. 아니, 어쩌면 너라는 존재는 아예 없을지도 몰라.

하지만 운 좋게도 이 편지가 너에게 발견되어서 네가 이 글을 끝까지 읽게 된다면, 그리고 너도 나처럼 우리들이 서로를 알아야 할 수천 가지 이유가 있고 무엇보다도 우린 젊으니까 평화 속에서 우리의 삶을 꾸려 나가야 한다고 생각한다면⋯⋯ 그렇다면 답장해 줘.

더 많은 얘기는 할 수가 없어. 내가 하는 짓이 잘하는 건지 못하는 건지, 미친 짓인지 아니면 그저 좀 별난 짓인지, 쓸모 있는 건지 쓸데없는 건지 난 모르겠어.

빈 병에다, 1993년 9월 13일에 우리 가족이 마셨던 그 샴페인 병에다 이 종이들을 넣을 거야. 엄마와 아빠가 그 대단한 날을 기념하기 위해 이제껏 간직해 온 병인데, 할 수 없지 뭐⋯⋯. 내가 깼다고 해야지.

난 이 병을 에탄 오빠에게 건네줄 거야. 오빠를 믿거든. 오빠 아무에게도 말하지 않을 테니까. 오빠라면 내가 해 달라는 대로, 이 병을 네가 있는 가자 앞바다에 던져 줄 거야.

만약 에프라트가 이걸 알게 된다면 병을 바다에 던지는 건 현대사회에 걸맞은 의사소통 방법이 아니라고, 무슨 영화라도 찍느냐고 하겠지. 그러면 난 이렇게 대답할 거야. 바로 그렇다고, 난 영화를 만들고 싶다고. 그런데 말이야, 영화를 만들기 위해서 우선 알아야 할 것은 현실이라는 생각을 했어.

우리 쪽과 팔레스타인 사이에 우편물이 제대로 오가는지, 통제를 받는지 어떤지 모르겠어. 그러니 내

이메일 주소를 남길게. 너만을 위해 특별히 만든 주소야. bakbouk@hotmail.com

자, 이상이야. 네 답장 기다릴게.

기대가 담긴 문장치고는 좀 약할지 모르지만, 뭐 있는 그대로 표현한 거니까.

답장을 받을 수 있기를 진심으로 바라고 있어.

마음을 담아,

탈.

어젯밤, 에탄 오빠가 귀대하기 전에 오빠 방으로 갔다. 오빠의 침대 위엔 양말, 티셔츠, 담뱃갑, CD, CD 플레이어가 줄줄이 놓여 있었다. 물론 총도 있었지만 난 일부러 쳐다보지 않았다.

오빠가 가자로 귀대할 때마다 위험을 향해 떠나는 것임을, 한번 돌이키면 그 한 달 동안 군인들이 주지 않고 잠잠하게 넘어가는 날이 없다는 것을 생각했다. 매번 엄마는 눈물을 감추지 못하고, 오빠는 어쨌음을 감추지 못한다.

"엄마! 됐어요, 됐어. 저 유치원 졸업하고 벌써 몇 뼘이나 더 자랐는지 아세요? 이젠 아기가 아니라고요!"

키가 180센티미터인 오빠는 이렇게 말하곤 한다.

"그래, 알아. 하지만 널 거기에 놔두고 싶지 않아서 그런 거지."

"그렇다면 우리에게 다른 미래를 마련해 주기 위해 어떻게 좀 해

보시든지요."

엄마는 이런 말을 싫어한다. 엄마는 자신이 중동 문제의 직접적인
책임자로 여겨지는 걸 좋아하지 않는다. 그렇지만 곧 귀대하는 스무
살 난 아들과 다투고 싶지는 않아서, 또 혹시 아들이 되돌아오지 못
하는 일이 생기면 어떡하나 싶어서 그냥 아무 말도 하지 않고 오빠를
안아 준 뒤 돈을 좀 건네주며 빠뜨린 건 없냐고 묻는다.

오빠가 내게 웃음을 지었다.

"왜? 너도 나 귀대하기 전에 해 줄 말이 있는 거야?"

"오빠, 부탁할 게 있어."

난 포장해 둔 병을 두 팔로 감싸안고서 말했다.

오빠는 날 놀리는 듯 바라보았다.

"뭐야! 너 다시 인형 놀이라도 하는 거야?"

"난 한 번도 인형 놀이 한 적 없다는 거 몰라? 그게 다 인형은 밤
만 되면 깨어나서 손가락이나 발을 물기도 하고 모든 걸 엉망진창으
로 만들어 놓는다고 말했던 오빠 때문이라는 거."

"진짜…… 내 말을 믿었단 말이야?" 오빠가 놀라는 척을 했다.

"물론이지! 그건 그렇고, 내 말 좀 들어 봐. 나 지금 아주 진지하단
말이야. 이 봉지 안에 병이 하나 들어 있어. 그걸 오빠가 가자 앞바

다에 던져 주면 안 돼?”

오빠 얼굴에서 웃음이 가셨다.

“탈, 너 미쳤어? 난 아무거나, 아무 데서나 버릴 권리가 없어. 특히 거기에선 더 그래! 누가 날 보기라도 하면 조사를 받거나 잡혀갈지도 모른다고. 알겠어? 가자 지구는 화약고야. 네가 켜는 성냥 한 개비로도 모든 게 폭발할 수 있는. 이 병 안에 무엇이 들어 있는지, 왜 이걸 거기에다 버리려는지 정도는 내게 얘기해야만 해.”

“안 돼. 난 얘기할 수 없어. 아니, 얘기하기 싫어. 하지만 마약이나 무기, 밀매품 같은 게 아니라는 점만은 맹세할게.”

오빠가 잠시 미간을 찌푸리며 생각에 잠겼다.

“멍청한 짓을 하는 게 아니라는 건 확실해?”

“그래, 확실해. 제발 그렇게 해 줘, 오빠. 이건 오빠한테만 부탁할 수 있는 거야.”

오빠는 한숨을 쉬며 봉지를 받아서는 차곡차곡 쌓아 둔 티셔츠들 사이로 쑤셔 넣었다.

“그래, 알았어. 하여튼 넌 재미있는 애라니까…….”

난 오빠의 뺨에다 뽀뽀를 했다. 아주 세게.

이제 남은 건 기다리는 것뿐이다. 오빠가 나 때문에 성가신 일을 겪게 되지 않길 바라면서.

반면, 내겐 어떤 일이 일어나길 바라면서 말이다.

어떤 멋진 일.

답장

보낸 사람: Gazaman@free.com

받는 사람: hakbouk@hotmail.com

제목: 없음

안녕?

단도직입적으로 말해서 난 긴 갈색 머리나 암갈색 눈동자—잘 다듬어
진 눈썹도 보태지 그랬어?— 그 밖에 네가 편지에서 주절주절 늘어놓았
던 것들의 소유자가 아니야. 오히려 검은 콧수염에다 다리엔 털이 북슬북
슬하지. 사실 콧수염은 농담이야. 벌써 몇 년 전부터 면도를 하고 있으니

까. 그것도 너희 쪽 사람들 때문에……

네 편지를 읽으면서 얼마나 웃었는지! 하도 웃어서 갈비뼈가 다 아플 지경이었지. 코미디계로 나가 보지 그래. 성공하겠던데. 특히 이쪽 가자에선 말이야!

'증오의 대양에 희망을 가득 담아 띄운 유리병' 아가씨야, 알려 주겠는데 난 남자야. 아, 그래. 병을 바다에 띄울 때는 온갖 일이 일어날 수 있다는 걸 생각했어야지. 그걸 받아 들 사람이 꿈속에 그리던 이가 아닐 거라는 것도. 게다가 만일 여자아이가 네 병을 발견했다면 순진하고 예민한, 아빠의 응석꾸러기가 쓴 그 예쁘장한 글을 읽지도 않은 채 촛대로나 사용했을걸? 이 아가씨야, 팔레스타인 사람들은 히브리어 안 써. 어쨌든 가자에서는 그래. 너 설마 우리가 적의 언어를 무슨 대단한 언어인 것처럼 배우면서 매 학기마다 시험을 보고 대학에 가기 위해 너희 작가들을 공부할 거라고 생각하고 있는 건 아니겠지? 설마 학교에서 히브리어 점수를 빵점 받아서 부모한테 회초리를 맞는 아이를 상상하는 건 아니겠지? 그런데도 내가 네 편지를 읽고서 이렇게 답장을 쓰고 심지어 욕까지 할 수 있는 건 내가 히브리어를 억지로 배워야만 했기 때문이야. 난 심지어……

네게 설명 따윈 하고 싶지 않아. 내가 이렇게 답장을 쓰는 이유는 네 편지 덕분에 한순간이나마 좋은 시간을 보낼 수 있었기 때문이야. 너, 글을 아주 못 쓰는 편은 아니던데. 하지만 그 나머지들…… 험상궂은, 사실은 그리 험상궂지 않을지도 모르는 팔레스타인 사람들을 향해 내민 손, 너의 영화 취향, 너희 아빠, 선생들, 친구…… 이 모두가 나하고 무슨 상관이야!

하지만 뭐, 내가 워낙 예의가 바르다 보니…….

차라리 영화 수업이나 들어 보지 그래? 그러면 네가 '왠지도 모르고' 글을 써 대는 짓을 자제할 수 있을지도 모르잖아. 아니면 네 편지를 '평화를 위한 아이들' 경진대회 같은 데 찾아서 보내 보든지. 유네스코가 그딴 것들 많이 주최하던데. 멱을 잘못 따 버린 닭을 닮은 비둘기도 그리고, 바닥에 잔뜩 널브러져 있는 올리브 나뭇잎도 그리고, '평화'라는 단어로 이행시를 지어서 써 넣기도 하는 대회 말이야. (그래, 이행시! 믿어져? 가자에서도 문학 수업에서나 써먹을 단어들을 학생들에게 잔뜩 주입시킨다는 것! 그러고 보면 너와 나, 우리들은 거의 비슷해. 내가 장담하지!)

내 사촌동생 야신이 작년에 그런 경진대회에 참여했다가 초콜릿 한 통을 받아서 무척 기뻐했지. 그런데 그 행사를 주최한 NGO가 이스라엘산 초콜릿을 주는 바람에 걔네 아빠가 쓰레기통에다 그대로 처넣어 버렸어. 삼촌이 야신에게 말했어. 적의 초콜릿을 먹어선 안 된다고. 당연히 야신은 울었지. 울먹이며 얘기하더군. 그건 평화의 초콜릿이었다고. 그리고 오자 없이 시를 옮겨 쓰고, 칸이 넘치지 않게 비둘기 피를 색칠하느라 얼마나 힘들었는지도. 하지만 삼촌은 끄떡도 하지 않았어. 우리 아메드 삼촌은 아주 완고하거든.

됐어. 내 생활을 얘기하지는 않겠어. 넌 그러길 바라지만 난 그러고 싶지 않거든. 나는 인간과 얼마나 닮았는지 보기 위해 사람들이 구경하는 원숭이가 아니니까. 그런 건 너희 생물 선생에게나 물어보시지.

영원히 안녕, 그리고 다시는!

나.

P.S. 네 병, 바다가 아니라 모래 속에 약간 파묻혀 있더라. 너희 오빠가 그래도 너보다는 더 현실감각이 있나 본데?

P.S. 2. 'Gazaman'이 'bakbouk'보다는 훨씬 낫지. 아이디가 '병'인 게 거슬리지도 않아? 어쩌면 네 실루엣도 샴페인 병 같을지도⋯⋯.

보낸 사람: bakbouk@hotmail.com

받는 사람: Gazaman@free.com

제목: 제발...

'가자맨'에게

2주 동안 하루에도 열두 번씩 메일함을 열어 봤는데 아무것도 없었어. 그러다 오늘 새 메일이 왔다는 메시지를 봤을 때 내 가슴이 얼마나 쿵쾅 거렸는지! 너도 글을 잘 쓰던데? 그리고 난 널 놀리지 않아. 너, 나까지 포함해서 누구든 마구 비웃어 대던데 난 그거 반 정도밖에 믿지 않아.

네가 얘기하는 방식이 좋아. 네 글을 읽는 동안엔 마치 내가 네 사촌동생 야신을 이미 알고 있는 것만 같았거든.

내가 물은 것들에는 아무런 대답도 하지 않았더라. 하지만 어쨌든 답장은 썼잖아? 내게 중요한 건 바로 그거야.

갇혀 있는 원숭이 운운하는 부분은 맘에 들지 않았지만 무슨 말인지는 이해했어. 하지만 그건 사실과 달라. 난 널 신기한 동물 관찰하듯 하고 싶은 게 아냐. 그건 네가 내 편지를 그렇게 이해한, 아니, 그렇게 이해하려고 마음먹었던 것일 뿐이야.

제발 모든 걸 처음부터 다시 시작해 보기로 해. 난 여자고 넌 남자야. 우린 서로 100킬로미터 떨어져 있는 곳에 살고 있어. 나는 여기서 1만 킬로미터 떨어진 미국에 사는 젊은이의 삶은 쉽게 상상할 수 있어. 당연하지. 텔레비전이나 위성 안테나가 있으니까. 내가 너한테 글을 쓰고 있는 지금도 미국 중학생들이 출연하는 시리스가 적어도 다섯 편은 방영되고 있어. (우리 엄마는 이걸 문화 침투라고 불러.) 그런데 가자맏, 난 너의 삶은, 네가 어떻게 사는지는 상상할 수가 없어. 이건 정상이 아니잖아? 우리들은 전쟁에다 팔레스타인 사람들이 우리 쪽에서 일으키는 테러와 우리 군인들이 너희 쪽에서 저지르는 군사작전으로 벌써 수년간 분리되어 있어. 어떤 땐 너희 쪽이 봉쇄되어 꼼짝도 할 수 없고, 인티파다*로 더욱 심하게 궁핍해지고 있다는 것도

---

*팔레스타인 민중들의 반이스라엘 저항운동

알아. 그리고 우리 쪽에서 무고한 사망자가 생겼을 때 너희 쪽 사람들이 거리로 나와 춤을 추기도 한다는 것도. 난 그게 가슴 아파. 특히 내가 이해할 수 없는 건 아기들, 어린이들, 여자들, 남자들, 노인들이 죽었는데 단지 그들이 이스라엘 사람이라는 이유만으로 그렇게 기뻐할 수 있느냐는 거야. 그들은 그저 재수 없는 순간에 재수 없는 장소에 있었을 뿐인데 말이야.

하지만 이런 것들이 너의 생활을 그려 볼 수 있게 해 주지는 않아. 내가 생각하는 것은, 어쩌면 순진한 건지도 모르고 네겐 정말 순진해 보이겠지만, 만일 너와 나 같은 사람들이 서로를 알게 되면 미래는 붉은 피와 시꺼먼 증오와는 다른 색깔을 띨 수 있지 않을까 하는 것이야.

넌 내 병을 버릴 수도 있었고, 네 말처럼 촛대로 쓸 수도 있었겠지. 그런데 내게 답장을 보냈으니 난 바로 거기에 의미를 두려고 해. 제발 내게, 그리고 우리에게 기회를 줘.

진심을 담아,

탈.

P.S. 솔직히 말해서 네 편지만큼 흥미로운 편지를 받아 본 적이 없어. 네 편지를 다시 받고 싶어. 이상이야.

보낸 사람: bakbouk@hotmail.com

받는 사람: Gazaman@free.com

제목: 고집 센 우리들

가자맨에게

넌 너의 침묵을 지키려고 고집을 부리고,

난 너의 편지를 받겠다고 고집을 피우고,

우리들은 참……

물론 '우리들'이라는 이 말은 아무런 의미도 없어. 하지만 네가 나랑 숨바꼭질하길 그만둔다면 어떤 의미를 가질 수도 있을 거야. 넌 내게 단 한 번만 답장을 보냈어. 너 말이야, 마치 우리가 아무런 이야기도 나누지 않은 듯이 굴 순 없는 거잖아?

너랑 나, 우리들은 운이 별로 없나 봐. 어제 장미나무 선생님이 또 한 번 반복해서 말했던 것처럼, 우리는 역사상 가장 많은 피를 흘린 세기인 20세기에 대어났으니 말이야. 두 번의 세계대전과 그 이후의 냉전 시대 + 나날이 더 살벌해지는 무기들이 난무하는 여기저기의 분쟁들 = 수억 명의 사망. 장미나무 선생님은 거의 사디스트 같은 웃음을 띠면서 "수학적이지 않니?"라고 덧붙였어. 수업을 마치고 나서 우리는 몹시 우울해졌어. 반장인 셜로미는 역사 수업을 못 하게 해야 한다고, 시국이 어수선할 때는 특히 그래야 한다고 말하기도 했어. 기분이 너무 꿀꿀해지니까. 대신 펠만 선생님—생물 선생님 말이야. 기억나지?—이 20세기는 항생제와 예방접종의 시대이기도 해서 수백만 명의 생명을 살린 세기라고 우리들을 위로해 줬어. 그러고 보면 전쟁으로 잃은 생명과 비슷할 수도 있을 거야. 그 수업 뒤엔 삼 선생님의 컴퓨터 시간이었어. 삼은 선생님들 중에서 금메달감이지. (젊고, 잘생기고, 아침 여섯 시의 예루살렘 하늘처럼 파란 눈동자를 가진. 게다가 재미있기도 하고.) 셜로미가 삼 선생님에게 20세기를 어떻게 생각하냐고 물었어.

"물론 많은 고통을 겪은 세기이긴 해. 하지만 우리 이스라엘 사람들이 영토와 국기와 국가를 가지게 된 세기이기도 하잖아. 게다가 컴퓨터가 발명되었으니 이건 나한테 정말 좋은 일 아니겠어? 안 그랬다면 바로 이 시간에 난 실업자 신세였을 테니까."

그러니 봐, 20세기는 두 차례의 세계대전을 겪으면서 사망자, 항생제, 그리고 컴퓨터로 충만해진 거야. 그런데 가자맨, 넌 21세기가 어떨 것 같아? 미래, 너희 민족, 우리 민족, 우리들의 전쟁⋯⋯ 너와 내가 이런 것들에 대해 얘기해 봐야 한다고 생각하지 않아?

원한다면 익명 뒤에 숨어도 돼. 하지만 너의 메일 주소 뒤에선 그러지 마.

안녕,

탈.

자신과 다투기

그 애는 내게 다섯 통의 메일을 보냈지만 난 답장을 하지 않았다. 그런데 문제는 내가 그 애를 계속 생각하고 있다는 것이다. 그 애는 내 비웃음이나 받을 내싱이 아니다. 특히 그 애에겐 숨을 멎게 하는 진지함이 있다.

바닷가를 거닐다가 그 애가 보낸 병을 발견했다. 해변은 '가자 지구'라는 이름의 이 빌어먹을 울타리에 갇혀 있다는 걸 잊을 수 있는 유일한 장소다. 보지 않고는 아무도 상상할 수 없을 것이다. 이곳 가자를 묘사하는 가장 간단한 방법은 그 어디에도 없는 모든 것들을 열거하는 것이다. 그런 다음에야 각자 이런저런 생각을 보탤 수 있을 것이다. 강도, 숲도, 산도, 계곡도, 유적지도, 새로 개장되어 번쩍이는 백화점도, 카페와 화려한 상점들이 들어찬 멋진 거리도, 가족들이 함께 소풍을 갈 수 있는 큰 공원도, 동물원도 없는 곳. 가자 지구. 이곳은 모래와 올리브 나무 몇 그루, 이스라엘 점령자들이 살고 있는 으리으리한 정착민 지역, 따닥따닥 붙어 있는 수만 호의 회색 집들이 서로를 숨 막히게 하는 곳이다. 정말로 여기선 곧 숨이 막히고 만다. 한마디로 쓰레기 매립장 같은 곳. 이런 가자에서 살아가는 150만 명의 팔레스타인 사람들은 팔레스타인 국가를 꿈꾸고, 정상적인 삶을 꿈꾼다. (이스라엘 사람 한 명, 아니, 더 낫게는 열 명을 죽여 버리려고 이를 갈지 않을 땐 말이다. 증오와 복수심은 비싸지도 않을뿐더러 도처에 있다 보니 여기선 유일하게 넘쳐나는 품목이다. 절망과 더불어서 말이다.)

난 모래 위에 앉아서 바다를 바라보고 있었다. 이쪽저쪽을 허가증 없이도 마음대로 오가는 물고기들이 부러웠다. 호텔을 짓겠다던, 1993년에 우리 가족이 품었던 꿈이 다시 떠올랐다. 그때 아버지는 이렇게 말했다. "두고 보라고들. 여행객들은 모두 우리 집으로 올 거야. 레바논은 저리 가라야. 우리에겐 세상에서 가장 아름다운 해변이 있으니까. 딱 이집트의 피라미드와 예루살렘 사이니까 모두들 여길 지나게 될 거야. 가자 비치가 최고가 될 거라고……." 아버지는 수영복을 입고 긴 의자에 드러누운 여자들, 야자수와 부겐빌레아가 늘어선 산책로, 레벤과 캐롭즙, 선인장 열매즙과 민트차를 파는 카폐들을 성급하게 떠올리고 있었다.

처음엔 그런 얘기를 듣는 게 좋았다. 그땐 모두들 들떠 있었다. 이스라엘과 우리가 오슬로 협정을 맺었으니. 아라파트가 가자로 입성하게 되고, 이스라엘 사람들은 떠날 참이었으며, 5년 후면 우리의 나라가 생길 터였다. 아니다. 우리는 들떠 있었다기보다는 그 아름다운 평화의 기약에 취해 머리가 약간 어떻게 되어 버렸던 것이다. 평화…… 이 단어를 얼마나 많이도 들어 왔던가. 처음엔 현기증이 날 만큼, 나중엔 멀미와 구역질이 날 때까지. 아버지는 가자를 휴양지로 만들려는 발버둥—머릿속에서, 그저 머릿속에서만—으로 나를 만성적인 소화불량 상태로 몰아넣었다.

나는 이런 생각을 하면서 손으로 모래를 긁고 있었다. 손가락 사이로 모래를 흘리면서 작은 모래 알갱이를 느껴 보려고 엄지와 검지를 서로 비벼 댔다. 모래로 할 수 있는 건 헤아릴 수 없을 정도로 많다.

드러누웠다.

그 즉시 도로 앉았다. 뭔가 거북한 게 등에 배겼다. 지금도 생생히 기억난다. 나를 괴롭혔던 구토증과 소화불량을 바람과 함께 날려 보내고 모래 위에 흔적을 남기는 단순한 육신이 되려 했던 순간, 그래서 나를 잊어버리려 했던 바로 그 순간에 나는 무언가로부터 엄청나게 부당하며 아주 불쾌한 공격을 받은 것 같은 기분을 느꼈다.

난 조약돌을 바다 저 멀리 던져 버리려고 집어 들었다. 파도에 휩쓸리며 부서져서 의미 있는 모래가 되어 돌아오라고. 그런데 내 손에 잡힌 건 조약돌이 아니라 빈 병이었다.

이스라엘산 병이라는 걸 알게 되자 경계심이 들었다. 두루마리 종이가 들어 있는 병. 이런 일은 모험소설에서나, 무인도에서나 일어나는 일인 줄 알았다. 그런데 바로 여기, 가자에 있는 내게 일어난 것이다.

평평해진 모래 위에 도로 누워서 편지를 읽었다.

'재미있는 아이네. 기발하면서도 감동적인 착상이야. 다른 상황이었다면 분명히 흥미로웠을, 탈이라는 소녀.'

그냥 이런 생각이 들었다.

그 애가 쓴 글을 읽으니 감동이 일면서도 화가 났다. 나는 이렇게 두 가지 감정을 동시에 느끼는 걸 싫어한다. 마치 내가 나 자신과 다투고 있는 것 같으니까.

나는 가장 가까운 PC방으로 갔다. 내가 누구에게 편지를 쓰는지 아무도 보지 못하도록 신경을 쓰면서 그 애에게 답장을 썼다. 여기선 이스라엘 사람들을 아주 과격하게 대하지 않으면 그들에게 협조한다는 의심을 받는다. 그런 혐의만으로도 죽을 수 있다. 어느 날 집을 나서다가 퍽! 세 발짝도 떼지 못한 채 꼼짝 못 하게 잡혀 그냥 그렇게 갈 수도 있는 것이다. 아! 얼마나 바보 같은가. 이런 바보 같은 전쟁. 이스라엘 사람들은 팔레스타인 사람들을 죽이고, 팔레스타인 사람들은 이스라엘 사람들을 죽이고…… 그렇게 끝없이 반복되는. 그런데 도대체 누가 먼저 시작한 거지? 그들? 우리들? 너? 나? 기억하는 이가 없다. 망각, 건망증, 기억상실, 위선, 악의……. 어쨌든 간에 누가 더 많이 죽이는지, 누가 더 강한지 보여 주기 위해 계속 반복하는 것이다. 그들은 전투기와 폭격기, 간편하고 정밀한 M16으로. 우리는 하마스와 이슬람 지하드가 한 푼 주고 시리즈로 만들어 내는, 전혀 과학적이지 않은 인간 폭탄으로. 그래, 그렇지. 하루에 다섯 번씩 알라에게 기도하는 사람들, 기도하느라 머리를 땅에 찧어 대는 통에 이마에 혹이 나 있는 사람들, 히잡을 두르지 않은 여자들을 안 좋게 보는 사람들, 불가능을 추구하는, 그러니까 이스라엘 사람들이 바다 저편에서 모두 죽어 버리기를 꿈꾸는, 모두 익사해 버려서 아랍의 땅에는 단 한 명의 유대인도 남지 않고 우리 팔레스타인 사람들은 해방된 팔레스타인에서 살아갈 수 있기를 바라는 사람들. 이슬람의 율법. 사람들은 이슬람 율법을 머리끝에서 발끝까지 따르지. 술 마시지 말고, 여자에게 추파 던지지 말고, 랩이나 테크노 음악을 듣지 마라. 그런 것들은 부정한 이들, 서구인들, 미국인 악마들과 미국에 물든 이들에게나 좋은 것이니. 우리 무슬림들은 순결하니까 무슬림들을 위해 삶을 비워야 하는 거다. 고요히 죽어 가기를 기다리며. 할 수 있다면 순교를 하거나 잔악한 미국인들과 유대인을 발견하면 죽어 가면서. 그래도 걱정할 필요는 없다. 결국 천국에 가게 될 테니까. 이 세상은 한낱 스쳐 지나가는 곳일 뿐이며, 하루에 다섯 번 이슬람 사원에 가고 나머지 시간에 열두 명의 아이를 기르면서 채워야 하는 작은 얘깃거리일 뿐이니까.

이게 정말로 삶이란 말인가?

빌어먹을!

늘 그렇지 뭐. 생각을 조금만 많이 했다 하면 난 곧장 화를 내고 만다. 그렇지만 생각하는 걸 멈추고 싶진 않다. 내 머리는 이스라엘의 군대도, 하마스 사람도, 부모님도 들어올 수 없는 유일한 곳이니까. 내 머리야말로 바로 나의 집, 나만의 집이다. 그런데 내가 넣고 싶은 모든 걸 넣기엔 너무 작기 때문에 나는 글을 쓰기 시작했다. 벌써 몇 년 되었다. 예루살렘의 응석꾸러기 탈 때문에 글을 쓰기 시작한 게 아니다. 나는 글을 썼다가는 태워 버리고, 찢어 버리고, 물에 적셔서 화장실에 버린다. 누군가 보기라도 할까 봐 두려워서다. 하지만 글을 쓰면 적어도 기분이 달라지고 마음이 한결 가벼워진다. 나는 싫어하는 사람이 너무 많다. 내가 살아가는 걸 방해하는 수많은

사람들. 실제로 존재하는 건 아니지만 빨간색 글자가 적힌 표시판을
나는 도치에서 본다. 거기엔 이렇게 적혀 있다.

'모든 것을 금지한다.'

왕들의 광장에서 울린 세 발의 총성

보낸 사람: bakbouk@hotmail.com

받는 사람: Gazaman@free.com

제목: 슬픔

가자맨에게.

난 알아. 네가 이 글을 읽고 있다는 게 느껴져. 지금이 아니면 나중에라도 답장을 주겠지 뭐. 그러니 난 계속 쓸 테야. 글을 쓰면 기분이 나아지거든.

오늘은 11월 4일이야. 우리 총리 이츠하크 라빈이 암살된 지 정확히 8

년이 지났어. 어제 저녁 텔아비브 광장에서, 이제부터는 그의 이름으로 불리게 될 광장에서 매년 그랬듯이 집회가 열렸어. 늘 그래 왔듯 엄마 아빠와 난 그 자리에 참석했지. 아빠가 말했어. "놓칠 수 없는 성지순례 같은 거란다. 그분의 평화에 대한 이상을 믿는다는 증거라고나 할까." 10여 년 전에 젊은이들의 우상이었던 아비브 게펜이 노래를 불렀고, 다비드 브로자도 노랠 했어. 그는 기타로 자신의 명곡 '이히예 토브'를 연주했어. "저 노래를 다시 부르는 게 그러니까 20년 만이네. 당시엔 레바논 전쟁이 끝났으니 이젠 모든 게 나아질 거라고 말했는데, 아직도 그렇게 믿고 있을까?"라고 엄마가 작은 소리로 말했어.

연주회와 연설들은 우울하기도 하고 멋지기도 했어. 라빈이 암살되었던 시각에 맞추어 1분간 묵념을 했어. 순간 난 오싹해졌어. 머리 위로 하늘이 무너져 내리고 발치로 땅이 꺼지면서 우리들이 고아가 되어 버린 듯했던 그날의 끔찍했던 저녁을 다시 보았거든.

난 그때 아홉 살이었어. 오슬로 협정, 그러니까 우리 부모님들이 환희에 차 울었던 날부터 2년이 지났을 때였지. 그 사이에, 너도 기억할지 모르겠는데, 처음으로 자살 테러들이 일어났잖아. 이젠 뭐 자신의 몸을 던져 가면서 다른 이를 죽이는 일에 놀랄 사람이 아무도 없겠지만, 그때만 해도 사람들은 되묻곤 했지. 어떻게 그런 일을 할 수 있을까? 심장이 뛰고, 숨을 쉬고, 더위와 추위를 느끼고, 빛을 보면서 살아 있다는 걸 느끼는 인간이 어떻게 자신의 몸을 폭발시키는 기계 장치처럼 행동할 수 있을까? 두렵지 않을까? 게다가 주위의 사람들, 남자와 여자와 아이들, 자신과 마찬가지로 아직 살아 있는 사람들, 건강한 사람들, 근심도 있지만 일상을 사랑하며 사랑하는 사람과 자식을 생각하는 사람들을 어떻게 쳐다볼 수 있을까? 연민도 없을까? 희생자들은 선별되는 걸까? 못생긴 사람보다는 잘생긴 사람? 늙은이보다는 젊은이?

첫 자살 폭탄 테러 후 10년이 지난 이제는 원래 증오란 그런 것이라고 얘기들 하지만, 가자맨, 이것들은 내가 여전히 던져 보게 되는 끔찍한 질문들이기도 해.

1995년 11월 4일 얘기로 되돌아갈게. 그때 좌파와 평화운동 측이 이츠하크 라빈을 지지하기 위해서 대집회를 열었어. 팔레스타인과 협상을 하는 배신자라고 하면서 그에게 반대하던 이스라엘 사람들도 있지만, 라빈을 지지하며 이스라엘과 팔레스타인 사이의 평화를 바라는 이들도 있다는 걸 보여 주려고.

우리 부모님은 평화 시위에는 단 한 번도 빠진 적이 없어. 내가 태어나던 날에도 텔아비브의 바로 이 광장에서 열렸던, 레바논에서 이스라엘군 철수를 요구하는 시위에 참석하러 갔었대! 엄마는 다비드 브로자가 노래하는 동안 진통을 느꼈고, 사람들이 엄마를 병원 응급실로 옮겨서 내가 텔아비브에서 태어난 거야. 우리 외가 식구들은 모두 4대째 예루살렘에서 태어났는데 말이야. "그러니까 넌 평화를 위한 투쟁의 상징이란다. 그래서 널 보면 위안이 되지."라고 아빠는 내게 자주 얘기해.

11월 4일 바로 이 자리에, 당시만 해도 '왕들의 광장'이라고 불리던 이 광장에 빨리 도착한 우리 가족은 맨 앞줄에 서 있었어. 오빠와 난 "라빈, 우리들은 당신과 함께예요"라고 쓴 플래카드를 준비해서 가지고 갔어. 서로 자기가 쓰겠다고 다투기도 하면서 파란색으로 굵게 글자를 썼어. 엄마가 둘이 같이 쓰라고 해서 다투길 그만뒀어. 나는 "당신과 함께"라는 구절을 쓰다가 그만 철자를 잘못 쓰고 말았는데 시간이 없어서 다시 쓸 수가 없었어. 아빠는 철자가 틀린 것뿐이니 괜찮다고 그러셨지. 나는 오히려 흐뭇했어. 마치 나라에서 일어나는 일에 우리 같은 어린아이들도 관심이 있다는 걸 보여 주는 표시 같았거든. 게다가 방송국 카메라가 우리들을 찍는 바람에 할머니 할아버지도 텔레비전으로 우리를 보시고선 무척 기뻐하셨어.

그날 저녁 행사는 아주 즐거웠어. 우리가 좋아하는 가수들이 나왔고, 적어도 5만여 명의 사람들이 참석했거든. 우리 부모님은 거기에서 아는 사람들도 많이 만났어. 그야말로 축제였지. 끝날 때는 연단 위에서 모두들 '평화를 위한 노래'를 불렀어. 라빈 총리도 같이. 난 그를 가까이서 볼 수 있었어. 내가 학교에서 칠판 앞에 나가면 그렇게 되듯이 연단 위에 서 있는 라빈 총리의 얼굴도 약간 붉게 상기되어 있었는데 노래를 틀리게 부르고 있었어. 난 웃었어. 총리가 노래를 부르는 걸, 그것도 틀리게 부르는 걸 보고 있으려니까 웃기잖아. 엄마가 그러면 안 된다고 하셨지. 총리는 지금 한껏 열심히 노래를 하는 것이고, 좋은 의도로 충만한 사람을 비웃으면 안 되는 거라면서.

우리는 부모님 친구들이랑 같이 카페로 갔어. 노래를 계속 부르는 아이들과 청년들이 있었지. 나는 그런 집회가 참 좋아서 일주일에 한 번씩 열리면 좋겠다고 생각했던 기억이 나.

그런데 갑자기 카페 주인이 라디오 볼륨을 높였어. 심각한 일이 일어날 때면 여기선 자주 그러거든.

순식간에 모든 사람들이 숨을 죽였지. 울고 있던 아기만 빼고.

"특보입니다. 오늘 저녁 한 남자가 라빈을 저격했습니다. 라빈이 텔아비브에서 수만 명의 군중들과 더불어 '평화를 위한 노래'를 부르고 연단에서 내려온 뒤 몇 분 만에 일어난 일입니다. 그는 이쉬로브 병원으로 옮겨졌으며 위급한 상태라고 합니다. 병원에 나가 있는 특파원과 곧 연결하겠습니다."

경악. 침묵. 말문이 막혀 버린 얼굴들. 망연자실.

어른들의 얼굴이 마치 공포영화에 나오는 인물들처럼 몹시 일그러졌어. 그들의 볼, 이마, 턱이 액체가 되어 버리더니 그 액체마저도 보이지 않는 무언가로 빨려 들어가는 모양이라고나 할까. 사람들의 눈은 놀란 호수가 되었고, 몇몇은 신음하면서 손가락을 깨물기도 했어.

사람들이 소리 지르고 울부짖었어. 울먹이기도 했고. 모두들 말이야. 우리 부모님도 서로 껴안고 울었어. 아이들도 한 박자 뒤에 연달아 울기 시작했어. 영문도 모르는 채. 모든 게 너무 갑작스럽게 벌어졌으니까. 그런데 있잖아, 그토록 행복에 겨워하던 사람들이 갑자기 탄식하며 엄청난 절망으로 빠져드는 걸 보는 건 참 끔찍했어.

가자맨, 이걸 이해하려면 겪어 봤어야만 해. 직접 보고 들어 봤어야만 한다고.

사소한 것들까지 난 모두 기억하고 있어. 그날을 생각하면, 내가 영화를 만들고 싶다는 생각을 처음 한 게 바로 그 순간이었다는 걸 깨닫게 돼. 왜 그런지, 그 이유까지 얘기하기는 어렵지만 말이야.

우리는 꽤 오랫동안 카페에 그대로 남아 있었어. 라디오에서는 기자들이 끊임없이 말을 하고 있었지만 별다른 이야기는 없었어. 새로운 소식이라곤 없었으니까. 누군가 이츠하크 라빈 총리를 총으로 쐈다는 말과 곧이어 이쉬로브 병원 응급실을 연결하겠다는 말만 반복하고 있었거든.

그때 누군가 소리쳤어. "팔레스타인 새끼들! 본때를 보여 주고 말겠어!"

(아빠랑 엄마가 어제 저녁 집회가 끝난 뒤에 얘기해 줬는데, 1995년 11월 4일 당시엔 모두들 팔레스타인 사람이 총리를 쐈을 거라고 생각했대. 그 밖의 다른 시나리오는 아무도 생각조차 못 했다고.)

그렇지만…… 한 시간쯤 뒤 기자가 다른 특보를 알렸어. 이츠하크 라빈이 사망했으며, 암살자는 이스라엘에 사는 유대인 학생이라고.

다시 고함이 들렸어. 엄마가 그랬지. "말세야! 지구 종말의 시작이야!"

음료수 값을 내지 않아도 된다고 카페 주인이 말했어. 초상 날이니 그런

날 돈을 벌지는 않겠다면서.

우리는 광장으로 되돌아가 봤어. 수천 명의 사람들이 똑같은 생각을 했나 보더군. 사람들은 우왕좌왕하다가 멈춰 서서는 서로 팔을 붙들고 울먹였어. 그때까지 문을 열고 있었던 잡화상 주인이 초를 잔뜩 가져왔지. 사람들은 초를 켜고서 그 주위에 앉았고, 스카우트 단원들은 조용히 슬픈 노래를 불렀어.

그게 8년 전이야, 가자맨. 그리고 어제 저녁, 매년 그랬듯 사람들은 라빈을 기리기 위해 그 광장으로 모였고, 나는 또 울었어. 그리고 난 널 생각했어.

탈.

그리고 기차는 갑자기 멈췄다

보낸 사람: Gazaman@free.com

받는 사람: bakbouk@hotmail.com

제목: 그냥……

안녕, 기계.

이겼다고 소리치지 마. 소녀들이 기쁘면 으레 하듯 방 안에서 혼자 춤추지도 말고. 네게 메일을 쓰긴 하지만 그렇다고 이게 우리가 친구라는 의미는 아니야. 알겠어? 우린 함께 나눈 게 없잖아. 그래, 그런 적 없지. 네가 여섯 통의 메일을 보냈고, 내가 워낙 예의가 바르다 보니 답을 하는 거야. 그게 다야.

그래, 사실 라빈의 암살에 대한 네 메일에 마음이 약간 흔들리긴 했어. 너나 너희 가족처럼 생생한 현장에 있었던 건 아니지만, 나도 그때를 분명히 기억하고 있어.

넌 상상도 못하냐? 응? 여기 우리에게도, 그 얘기가 우리에게도 뭔가를 일으켰다는 것. 그 작은 머리로 생각 좀 해 보지 그래. 우리 땅을 점령한 지 20년 만에, 너희들이 나라를 얻은 지 45년 만에 한 남자, 한 이스라엘인이 비로소 눈을 떴던 거야. 그는 이렇게 중얼댔지. "야, 이것 봐라. 난민촌과 빈민촌에 살고 있는 이 불행한 사람들. 그런 사람들이 정말 존재하고 있단 말이지. 그들도 인간이란 말이지." 그러면서 그런 생각을 너희들이 받아들이도록 머릴 좀 굴려 본 거지. 우리에게 뭔가 좀 주자면서. 약간의 자유, 그러니까 독립 쪼가리 같은 거 말이야.

물론 라빈의 제안을 팔레스타인 사람들 모두가 반겼다고는 할 수 없어. 그것 갖고는 어림도 없다고 하는 사람들도 있었으니까.

아무튼 나와 우리 가족, 그리고 내 주변 사람들은 솔직히 기뻐했어. 이제야 정상적인 삶을 살 수 있게 되었다고 생각했지. 우리의 경찰(너희들의 그 빌어먹을 군인들 말고), 제대로 작동하는 신호등, 우리 지역의 영화배우들, 국가대표 축구팀, 군 복무, 그리고 모두를 위해 하루 종일 열려 있는 학교들이 생길 거라고 생각했어. (근데 사실 그건 좀 성가신 일이긴 해. 학교 건물이 충분하지 않아서 어떤 아이들은 오전에, 또 어떤 아이들은 오후에 학교에 가고 있는데 학교가 정상화된다면 하루 종일 앉아 칠판만 보는 걸 싫어하는 아이들에게는 끔찍하겠지. 하지만 너도 짐작하듯이 오슬로와 워싱턴, 언론에서는 아무도 고민하지 않는 그런 일 때문에 그 대단한 평화의 기차를 멈추게 할 수는 없는 일 아니겠어?)

그런데 라빈이 암살되었던 거야. 이웃집 여자가 창문 너머로 그 소식을 큰 소리로 알렸어. 떨리면서도 날이 선, 아주 이상할 정도로 날카로운 목소리였어. 난 미칠 듯이 웃었지. 왜냐하면 이웃집 여자가 기뻐서 울부짖는 건지 아니면 우는 건지 도대체 분간할 수가 없었거든.

아버지가 날 쏘아봤어. 아버지는 "제기랄, 제기랄, 제기랄!"이라고 했어. 우리에게 나쁜 일이라면서. 그러고는 텔레비전을 켰지.

그거 알아? 우리 쪽에서도 처음엔 라빈을 암살한 사람이 우리 쪽 누구일 거라고 생각했다는 거. 그러니까 팔레스타인 사람일 거라고 여겼던 거지. 그래야 말이 되니까. 하마스나 지하드가 그 기차를 단번에 멈추게 하려고 가장 효과적인 방법을 찾던 끝에 기차를 모는 기관사를 어떻게 해보려 했을 거라고 생각했지. 우리는 불안해했어. 이스라엘 사람이긴 하지만 총리를 암살하는 건 도리어 우리에게 화근이 될 수도 있으니까 앞으로 어떻게 될지 조바심이 났던 거지.

얼마 후 암살자가 유대인이라는 소식이 들리더군. 이스라엘 사람. 세상에! 우린 믿을 수가 없었지. 누가 스타워즈 다음 편을 가자에서 찍을 것이고 아라파트가 아나킨 스카이워커 역을 맡는다고 하면 난 차라리 그걸 믿었을 거야. 그럴 리 없다고 말하는 데도 한참이 걸린 사람들이 있었는가 하면 어떤 사람들은 웃기까지 하더군. 이것 봐라? 이젠 저희들끼리 서로 죽이고 있잖아! 하긴 뭐 온갖 일을 다 겪었는데 그 정도쯤이야. 우리가 나서서 해야 할 끔찍한 일을 덜게 된 거지 뭐.

하지만 결국 우리는 그 사건이 우리에게 아주 나쁜 영향을 미칠 것이라는 걸 곧 깨닫게 되었지. 나는 이스라엘 정부가 가자 지구를 봉쇄할 거라고 생각했어. 너, 그게 뭔 줄 알기나 해? 알기 쉽게 내가 그림으로 그려 줄까? 좋아. 내가 그림, 아니, 말로 설명해 주지. 메일로는 그림을 그릴 수 없으니까.

여기에 가자 지구가 있어. 길이가 25킬로미터에 폭이 10킬로미터. 그 주위로 일곱 군데의 검문소가 있고, 철조망으로 둘러싸여 있어. 만일 여기나 다른 데, 아니, 이스라엘 쪽의 달나라에서라도 약간만 심각한 일이 생기거나 이스라엘 사람들이 자기들 쪽에서 뭔가 터지겠다 싶으면 확! 검문소들을 막아 버리지. 수도꼭지처럼 말이야. 힘껏 돌려 꽉 잠가 버려서 더 이상 물이 새지 않도록. 그러고 나면 이스라엘 사람들은 각자 자기들 집에서 안심하며 쉴 수 있게 되는 거지. 팔레스타인 사람들은 꽉 닫혀 버린 피클 병 속에 밀폐된 오이 신세가 되는 것이고.

말하자면 아무 짓도 하지 않았는데 감금되어 버리는 거야. 마치 따귀 맞은 아이처럼. "아니, 저 아무 짓도 안 했어요, 아빠!" "입 닥치고 방으로 썩 꺼져! 그러지 않으면 한 대 더 맞을 줄 알아! 더 맞아야 정신 차리겠어?"

바로 이런 거라고. 라빈이 죽었고, 기차는 멈추었고, 우리들은 역에서 발이 묶여 버린 거지. 다음 기차가 언제 올지도 모르는 채. 그리고 찢어지게 가난한 상태로.

우린 이렇게 살아가고 있다고, 이 '아침이슬' 아가씨야. (나, 히브리어 잘하지 않아? 네 이름이 무슨 뜻인지도 알고 있잖아!) 무슨 일만 생겼다 하면 늘 우리 탓이 되고 마는 현실 속에서 살아가야만 한다고.

넌 이게 공정해 보여?

안녕,

가자맨.

보낸 사람: bakbouk@hotmail.com

받는 사람: Gazaman@free.com

제목: **찾고 있음**

이름: 모름

나이: 모름

가족 상황: 모름

직업: 모름

아버지 이름: 모름

어머니 이름: 모름

형제 수: 모름

취미: 다른 사람 비웃기?

거주지: 가자

아이디: 가자맨

특기사항: 스스로 예의 바르다고 자처하면서 "안녕, 기계"라고 씀. 유머 감각이 있음. 유대인스러운 유머 감각도 갖고 있음. 비밀을 즐기는 취향도.

팔레스타인의 눈으로 본 라빈의 암살에 대한 글, 고마워. 생생하더군. 묘사력까지 보태져서 흥미롭기까지 하던데? 그렇다고 너, 나를 그렇게까지 뭉갤 건 없잖아. 우스꽝스러워. 나도 머리에 뭐가 들어 있다는 걸 알아둬. 그걸 네게 보여 주기 위해 문단마다 아이러니를 잔뜩 써 넣어야 한다면 오늘부터 당장 할 수도 있어. 너 모르는 거 같은데 우리 유대인은 고전 유머, 냉소 유머, 아이러니, 신랄함의 챔피언이야. 이천 년 동안 고통 받았던 민족이니 절망을 없애 버리는 탄약을 만드는 방법도 익혔던 거지.

네가 정말 예의 바르다면 네 소개나 하지 그래?

그리고 네 질문에 대답해 보자면…… 그래, 모든 게 너희들 탓이 되는 것, 그건 공정하지 않아.

오늘은 더 쓸 시간이 없어. 내일 영어 시험이 있어서. 너한테 편지를 쓰면서 영어 공부가 되는 것도 아닐 테고.

안녕,

탈.

보낸 사람: Gazaman@free.com

받는 사람: bakbouk@hotmail.com

제목: 경기 결과

OK. 네가 점수를 땄어. 반 점. 학년 초에 학과 담당 교사들을 위해 작성하는, 아니면 비밀 첩보원늘을 위해 작성하는 소개서처럼 짧은 메일. 나쁘지 않은 생각인데? 그렇게 해도 내가 48대 1/2로 이기고 있으니까 뭐. 네가 따라오려면 아직 한참 멀었어. 용기를 내라고, 용기를. 너무 허덕이지 말고. 너처럼 아빠만 따라다니는 응석꾸러기 딸내미는 롤러스케이트를 타기도 하고 머리에 밴드를 두르고서 테니스도 칠 테니까 뭐. 조깅도 하지 그래? 인내력을 기르려면 말이야. 그렇게 하면 네가 점수를 올리게 될지도 모르잖아?

그런데 내 답장을 기다리려면 너 좀 기다려야겠다. 난 이제 가 봐야 하거든.

어디로 가는지는 말할 수 없어.

나도 아주 바쁠 수 있다고!

권태와 싸우기

보낸 사람: bakbouk@hotmail.com

받는 사람: Gazaman@free.com

제목: 너무 조용해

안녕, 가자맨.

겨울이 왔어.

날씨가 추워.

하루하루가 마치 어두운 밤 속에 그려진 작은 괄호 같아.

어제 리오르랑 '반지의 제왕: 왕의 귀환'을 보러 극장에 갔는데 들어가면서 다퉜어. 아무것도 아닌 일로 말이야. 이런 일은 처음이었어.

내가 좋아하는 타입의 남자는 아니지만 올랜도 블룸이 나쁘진 않다는 말을 내가 꺼내면서 다투기 시작한 것 같아.

리오르는 "나쁘진 않다"는 말에 꼬투리를 잡으면서 걷잡을 수 없이 화를 냈어.

사소한 말 한 마디로 그렇게 수많은 말들이 만들어진다는 게 믿어지지 않아. 리오르는 여자들을 싸잡아 비난하기 시작했어. ("너희들은 가식적이야." "잘생긴 사내한테만 관심을 갖잖아." "그렇다면 못생긴 사람들은 발붙이고 살 수도 없는 거야?" 등등) 그러고는 날 집중적으로 비난하더군. 전만큼 자기를 좋아하지 않는다는 둥, 자주 만나려 하지 않는다는 둥 하면서.

난 뭐라고 대답해야 할지 몰라서 계속 같은 말만 반복했어. "아냐, 그게 아냐. 네가 잘못 알고 있는 거라고." 리오르는 우리 집 근처까지 날 배웅해 주면서 포옹도 하지 않고 그냥 가 버렸어.

오늘은 토요일이야. 학교도 쉬고, 모든 게 문을 닫아서 도시가 죽은 것만 같아. 외출 허가를 받지 못한 에탄 오빠는 네가 있는 가자 어딘가에 있을 거야. 재미있지 않아? 안 그래? 하긴 '재미있다'는 말은 어울리지 않지만 뭔가 야릇할 때 사람들은 이렇게 말하잖아. 언젠가 네 시선과 오빠의 시선이 마주칠 거라는 생각을 자주 하게 돼. 그런데 넌 오빠를 모르고, 오빠도 너를 모르고…….

완전히 텅 빈 느낌이야. 리오르한테 휴대폰으로 여러 번 전화를 걸었어. 신호만 울리다가 음성 메시지를 남기겠냐는 소리로 넘어가더군. 메시지만 확인하겠다는 것이겠지. 난 그런 거 싫어.

따분해, 따분해 죽겠어. 이럴 땐 넌 뭘 해?

답장해 줘,

탈.

보낸 사람: Gazaman@free.com

받는 사람: bakbouk@hotmail.com

제목: 구멍으로 바라보는 눈들

원한다면 내 의견을 말해 주지. 리오르는 네가 깐죽거린다고 생각하고 있고, 그게 지긋지긋한데 네게 그걸 어떻게 말해야 할지 모르고 있는 거야. 그래서 네가 알아차리도록 뭔가 꼬투리를 잡고 있는 거라고. 아니면 다른 여자를 사랑하게 되었는데 널 떠나기 전에 네가 먼저 떠나 줬으면 해서 그 최선책으로 틈만 나면 너랑 다투려고 하는 것일지도.

그건 그렇고, 내 이마에 '연애 문제 상담원'이라고 쓰여 있기라도 한 건가? 남녀 관계가 무엇 때문에 잘되고 무엇 때문에 못되는 건데? 그래서? 그게 어떤 사랑인데? 도저히 그냥 지나칠 수 없는 사람 앞에서 가슴이 콩닥콩닥 두근거리고 행복에 겨워 눈물이 흥건한 소녀가 침대로 가기 직전의 사랑인가? 난 아무것도 몰라. **아무것도 모른다고!** 제발 부탁이니 나한테 네 사랑 얘긴 더 이상 하지 말아 줘.

난 오히려 네가 내 준 작문 주제가 더 흥미롭군. "넌 뭘 해? 따분할 때 말이야."라고 작은 소녀가 부드러운 목소리로 크고 음흉한 늑대에게 물었대요. 그랬더니 그 크고 음흉한 늑대는 소녀에게 이렇게 대답했대요.

네가 가자에서 산다면 넌 당연히 따분해하겠지. 만일 네가 추억의 얘깃거리가 남아도는 노인이거나 식사 준비에다 설거지에 아이 돌보는 일까지 여념이 없는 어머니가 아니라면. 엄마가 하는 그 모든 일을 도와야 하는 딸이 아니라면. 이스라엘에서 일을 할 수 있는, 서른다섯 살이 넘은 남정네가 아니라면 말이야. 왜 서른다섯 살인지 알아? 통계적으로 볼 때 폭탄을 터뜨리는 사람의 나이가 35세 미만이라나 어쨌다나. 그래서 그 나이가 못 된 모든 젊은이들은 일하러 갈 수가 없는 거지. 또는 첫 기도를 드리기 위해 새벽 네 시에 일어나고 하루에 다섯 번씩 기도를 하는 독실한 무슬림이 아니라면 말이야. 생각해 봐. 하루에 다섯 번씩이나 신에게 얘길 하는데 따분할 틈이나 있겠어?

네가 이들 중 어떤 경우도 아닌, 나 같은 처지라면 넌 따분할 수밖에 없는 거지. 지겨워서 죽지 않으려면, 네 목을 조이며 "뭘 해야 할지 모르겠어. 아무것도 할 게 없어. 뭘 할 수 있단 말이야."라고 반복하게 만들면서 네 목을 조이며 꿈틀대는 이 요상한 것의 목을 비틀어 버리기 위해 온갖 수를 써야 하는 거지.

첫 번째 해결책은 진짜 인디언 놀이를 하는 거야. (만약 난민촌에 살고 있다면 말이야.) 친구들 몇 명과 함께 나가서 이스라엘 군인들에게 돌을 던지는 거야. 간단해. 넌 선한 쪽이고, 그들은 악한 쪽이야. 운이 좋으면 그 구역에 있는 외국인 카메라맨이 돌과 증오를 던지고 있는 네 모습을 촬영할지도 몰라. 그러면 그날 저녁에 넌 바로 세계적인 스타가 되는 거야. 넌 네 근육을 과시하기 위해 티셔츠를 벗어 들어. 삶은 참 아름답기도 하지. 넌 그게 영화인지 현실인지 더는 구분하지도 못하게 돼. 그럼 어때? 넌 그러고 있는 게 좋은데 뭐. 다른 아이들과 함께 달리고 돌 던지고 또 달리다가 약간 겁이 나면 숨기도 해. 뱃속에서 꿈틀대는 작은 두려움. 하지만 (아직은) 널 죽게 만들 두려움은 아니고, 기껏해야 잡힐 정도의 두려움인 거지. 숨바꼭질이란 원래 그런 거잖아, 안 그래? 그러다 어떨 땐 친구 한 명이 다치기도 해. 그러면 그 친구가 네게서 주인공 역할을 빼앗아 가 버리지. 이제는 카메라맨이 그 다친 친구를 포착했으니까. 카메라맨의 줌렌즈가 그 친구에게 초점을 맞추고, 사이렌이 울리면서 구급차가 도착해. 아이들은 병원으로 우르르 몰려가지. 다친 친구가 병원으로 옮겨지자 의사들은 고함을 질러 대. 이런 여건에선 일을 할 수가 없다면서. 그 많은 꼬맹이들에게 둘러싸여 상처가 심한지 가벼운지 검진을 하자니 말이야. 의사들이 말하지. "야, 저리 썩 나가지 못해! 밖에 나가서들 놀아." 그러면 너와 네 친구들은 뭘 해야 할지 모르다 보니 함성을 질러 대. 아직 남아 있는 카메라맨 앞에서 너희들의 분노를 보여 주는 거야. 바로 옆에서 부상자를 촬영한 뒤 약간 엉거주춤해 있는 카메라맨이지만 그렇다고 수술실까지 들어오게 할 순 없지 않겠어? 안 그래?

여기까지, 이게 바로 첫 번째 선택이야. 가장 일반적으로 용납되고, 네가 텔레비전에서 흔히 보게 되는 장면이지. 그래서 정말 그럴 것이라고 믿게 되는, 팔레스타인 아이들이 모두 형제애를 가진 것처럼 보이게 만드는, 뻔하고 뻔한 상황 말이야. 애 한 명이 죽었다고? 걱정할 것 없어. 그 역할을 대신하려는 30만 명의 대역을 금방 찾을 수 있으니까. 그런데 난 말이야, 그런 이미지들을 더 이상 견딜 수가 없어. 구역질 나게 만들거든. 15년 전부터 끊이지도 않고 텔레비전에서 생방송으로 중계되고 있으니 이건 도대체 무슨 장난이냐 말이야! 그런 판에 박은 이미지들을 도대체 왜 맨날 만들어 내는 거냐고! 우리들조차도 우리가 늘 그런 모습, 못된 군인들을 쫓아내려고 돌을 던져 대는 아이들의 모습을 하고 있다고 믿게 될 판이니. '나·너·그' 하는 식의 단수는 존재하지도 않고, 그냥 '팔레스타인 사람들'이라는 복수만 있는 거지. 불쌍한 팔레스타인 사람들, 아니면 나쁜 팔레스타인 사람들 하는 식으로 경우에 따라서 바뀌기만 할 뿐 바로 그 복수만 늘 존재하는 거지. 우리를 잘 알지도 못하면서 우리를 좋아하는 사람들을 위해. 우리를 잘 알지도 못하면서 우리를 미워하는 사람들을 위해. 우리는 절대로 '하나+하나+하나'가 아니라 늘 400만인 거야. 그러니 사람들은 민족을 통째로 등에 지고서 살아가는 것이고. 무거워. 무거워. 무거워 등이 뭉개질 것만 같아서 차라리 눈을 감아 버리고 싶어져.

진정하라고. 그래, 진정하도록 해 보지. 사실 여기가 늘 따분한 건 아니야. PC방이 있으니까. 돈만 낼 수 있다면 말이야. 그런데 거기도 인터넷에 빠져 있는 젊은이들로 늘 가득 차 있어. 마우스를 누르기만 하면 다른 세상으로 갈 수 있으니까. 자기가 세상의 주인이 되어 모든 걸 소유할 수도 있으니까. 외국 음악, 축구 선수들, 수영복을 입고서 웃고 있는 부드러운 머릿결의 예쁜 여자들. 전략시뮬레이션 게임, 롤플레잉 게임, 슈팅 게임. 시드니에서 지는 태양. 전 세계 도서관들의 카탈로그. 미국에서 방금 개봉된 영화들. 홈페이지에서 자신의 사생활을 얘기하는 사람들. 폼페이의 날씨. 학비가 아주 비싼 고등학교와 멋진 대학교들의 사이트, 달팽이 보호 단체들, 흡연 반대 단체들, 흡연 찬성 단체들, 자동차 반대 운동 단체들, (실버 세대를 위한 새로운 모형과 아기 동반석이 부착된 모형까지 개발하며) 퀵보드 대중화를 외치는 단체들. 향수, 자동차, 옷. 그래, 포르노 사이트도 빠뜨릴 수 없지. 스위스 뉴스 방송. 익살스러운 아이디와 해 보는 채팅. 바보 같은 아이디와 해 보는 채팅. 세상의 모든 어리석음과 풍요로움이 거기, 인터넷에 존재하거든.

그리고 당연히 텔레비전도 있지. 말도 안 되는 사랑 얘기를 하는 이집트 영화들, 알자지라의 논스톱 뉴스. 그리고 최근에 모두들 흠뻑 빠진 레바논 프로그램이 하나 있었지. 젊은이들, 가수가 되고 싶어하는 젊은이들이 합숙하는 프로그램. 시청자들이 그중에서 맘에 안 드는 사람을 투표로

탈락시키면 마지막에 한 사람만 남게 돼. 그러면 그 사람만 음반을 제작하게 되는 굉장한 특권을 갖게 되지. 여기서 이 프로그램을 안 본 사람은 없었어. 그런데 이슬람 근본주의자들이 투덜댔지. 순수하지 못하고 퇴폐적인 방송인데 그런 걸 무슬림 젊은이들에게 보일 수는 없다면서. 그래서 방송이 중단되어 버렸지. 난 아랍 젊은이들이 들고일어날 줄 알았어. 하지만 그런 일은 일어나지 않았어. 모두들 그냥 잠잠하더군. 어떤 사람들은 몰래 너희 프로그램 '코하브 놀라드'에 빠지기도 했어. 레바논의 프로그램과 방식은 같더군. 누가 누구를 베꼈는지는 모르겠지만. 당연히 너희 방송이 인기가 덜했지. 히브리어로 방송되는 데다가 참여한 후보들에게 재주가 있다 해도 어쨌든 우리의 적들이 노래를 하며 겨루는 거니까. 그런데 아랍계 이스라엘인 한 명이 여전히 경쟁에 남아 있는 바람에 여기서도 모두들 아주 기뻐하고 있어. 그가 우승하기를 바라면서 말이야.

총성도 없이 너희들을 상대로 거두는 하나의 승리, 상상해 보시지!

안녕,

G.

사이버 친구?

보낸 사람: bakbouk@hotmail.com

받는 사람: Gazaman@free.com

제목: 그래, 네가 최고야. 알았니?

안녕, 가자맨!

그래, 그래, 네가 최고야. You are the best, man! 리오르에 대해서 아무렇게나 얘기해 대고, 단지 같은 남자라는 이유만으로 마치 리오르라도 된 것처럼 말하고, 내가 여자라고 험악한 말들을 마구 퍼부어 대며 내 화를 돋구는 데 네가 최고라고. 네 편지를 받기 전에 리오르와 내가 화해를 했으니 다행이지. 리오르가 밤늦게까지 고등학교 졸업 시험 준비한다고 피곤해서 그랬다고, 미안하다고 했어. 그리고 내가 요즘 좀 멀어진 느낌이 들어서 그런 얘길 누나한테 했다나 봐. 누나가 그랬대. 그건 리오르의 망상일 뿐이고 리오르에 대한 내 사랑은 너무 뜨거워서 빙산도 녹일 정도라 지구 기후의 평형을 위협할지도 모른다고. 난 리오르의 누나 쉬라를 아주 좋아해. 틀림없이 너하고도 잘 통할 거야. 쉬라는 정말 재미있고, 아주 영리하고, 활기찬 데다가 예쁘기까지 하거든. 만일 네가 제니퍼 애니스톤 같은 타입을 좋아한다면 말이야. (누군지는 당연히 알겠지? '프렌즈'에 나오는 배우 말이야.) 사소한 일을 끔찍한 어조로 얘기하는 법을 내게 가르쳐 준 것도 바로 쉬라야. 어리석은 짓 같아 보이지만 제법 기분 전환이 돼. 자주 해 볼 만하고. 예를 들어 수학 점수를 나쁘게 받았다고 쳐. 그냥 구겨진 기분이 되어서는 낭패라고, 부모님에게 얘기하려니 두렵다고만 생각할 게 아니라 한술 더 떠서 절망적인 어투로 이렇게 반복하는 거야. "아니, 이럴 수가! 이런 비극이! 이번 학기를 잡치게 됐어. 아니, 이번 학기뿐 아니라 이번 학년에다 졸업 시험까지도! 대학 문 앞에도 못 가고 거지 신세가 돼 버릴지도 몰라. 사람들은 나한테 사지가 멀쩡하고 젊으니 일을 찾아 하라면서 적선 한 푼 안 하겠지. 그런데 아무도 내게 일을 주지 않을 거야. 직업도 없고, 가족도 없고, 아이도 없는 신세가 돼 버리면…… 아이고, 내 인생은 끝장난 거라고!" 이렇게 유난을 떨고 난 뒤에 이런 말을 한 이유가 단지 수학 시험을 잘못 쳤기 때문이란 걸 떠올리게 되면 얼마나 우스워지겠어? 그래서 그건 아주 사소한 일일 뿐이며 그것 때문에 삶을 망치진 않는다는 걸 깨닫게 되는 거지. 이게 바로 쉬라야. 게다가 쉬라는 텔아비브에서 연극 수업을 받고 있는데 연기를 정말 잘해. 언젠가 내가 영화를 만들게 되면 주연은 쉬라에게 맡길 거야.

다시 네 얘기로 되돌아오면, 넌 이상해. 네가 사랑에 대해 얘기를 할 땐 말이야. 아니지, 나한테 사랑 얘기는 아예 하지도 말라고 했지. 너 사랑해 본 적 있어? 지금 사랑에 빠져 있어? 물론 네가 대답하지 않으리라는 건 알아. 여기서도 You are the best, Gazaman. 비밀의 세계 챔피언은 바로 너야!

정말 재미있어. 네가 '코하브 놀라드'를 알고 있다니! 여기선 그 프로그램이 방송되는 수요일 저녁만 되면 거리에 사람이 한 명도 없다는 거 알아? 아랍인 후보에 대해서는 걱정하지 마. 이기겠던데 뭐. 그러니 보라고, 도처에서 우리더러 인종주의자들이고 아랍인들을 좋아하지 않는다고들 하지만 만일 아랍인이 그 노래 대회에서 이기게 되면 그건 바로 이 지역에 아직도 희망이 있다는 의미잖아? 안 그래?

오늘 난 기분이 좋아. 경쾌하고 행복해. 왜냐하면 요새 예루살렘에 별일이 없는 데다가 오빠가 외출허가를 받아서 모두 함께 텔아비브에 축제를 즐기러 가게 됐거든. 게다가 내 사랑이 더는 토라져 있지도 않고, 너와 내가 좀 더 가까운 친구가 되고 있다는 느낌이 들어서.

하긴 '친구'라는 말은 정확하지 않을지도 모르겠다. 다른 단어를 찾아야 하나……. 그럼, 사이버 친구?

또 봐. 잘 지내고.

탈.

보낸 사람: Gazaman@free.com

받는 사람: bakbouk@hotmail.com

제목: 없음

난 제니퍼 애니스톤 몰라. 우리에게 그 여자를 소개해 줄 생각을 이제껏 아무도 안 했나 보지.

네 애인의 누나를 알고 싶은 생각도 전혀 없어.

아랍계 이스라엘인이 그 바보 같은 대회에서 우승하건 말건 나랑 무슨 상관이야? 우리에겐 나라도 없고, 정상적인 삶도 없고, 원하는 곳을 원하는 때에 갈 수 있는 권리도 없다는 현실에는 아무런 변함이 없을 텐데. 가수 한 명—그것도 노래도 못하는! 그래, 이게 내 의견이야—이 중동의 문제를 해결해 줄 것 같아? 어떨 때 보면 넌 정말 멍청해 보인단 말이야! 아니, 거의 늘 그렇지만. 어디서든 좋지 않은 것만 보는 사람들도 있는데 넌 어디서든 희망을 보니, 원. 텔레비전에서, 병 속에서…… 그래, 어쩌면 쓰레기통에서도 그럴걸? 사람들이 검은 하늘을 보여 주면 넌 이럴 거야.

"와, 정말 예뻐. 이 장밋빛 하늘!" 가시덤불로 된 들판을 보여 주면 넌 그 속에서 꽃을 찾으며 이렇게 말하겠지. "와, 이것 봐. 이 작은 꽃 한 송이! 이건 희망의 상징이잖아!" 내가 장담하는데, 넌 자막이 한국말로 나오는 일본 영화를 보면서도 '희망'이라는 단어를 알아볼걸? 거기에 집착하고 있다고! 그거, 병이라는 거 알아?

네가 행복하다면 너한텐 다행이네. 그런데 말이야, 나보고 사이버 친구니 하는 말도 안 되는 소리는 하지도 마!

그리고 또 한 가지, 수학 점수가 나쁘다고 해서 무엇 때문에 그렇듯 난리가 난 척해야 하는지도 이해가 안 돼. 네가 하는 짓, 어처구니가 없어. 여보시게, 여기선 난리가 난 척할 필요조차 없다네. 난리라면 신물이 나도록 항상 나 있으니까. 늘 난리를 겪어야 하는 이유가 무진장 많지. 내가 긴 목록, 아주 긴 목록으로 써 줄 수도 있어. 그 모든 이유들을 말이야. 그런데 그보다 더 중요한 일이 있다고. 알았어?

안녕.

G.

보낸 사람: bakbouk@hotmail.com
받는 사람: Gazaman@free.com

제목: 미안해

너, 여전히 화가 나 있구나. 혹시 상처 받은 거야? 그래서 조금도 달라
지지 않으려고 나한테 사납게 구는 거니? 네게 어떤 글을 써야 할지, 무
슨 말을 하고 하지 말아야 할지 모르겠어. 네가 별다른 이유도 없이 나를
막 대하는 거, 나도 좀 지겨워. 마치 내가 삶에 대해 아무것도 모르는 멍청
이인 것처럼 대하잖아. 그리고 너희에게 일어나는 모든 불행의 원인이 우
리에게 있다는 투로 내 면전에다 퍼부어 대는 것도 지겨워! 너도 잘 알다
시피 우리 부모님과 나, 우리 식구들은 너희도 나라를 가질 수 있기를 바
라며 늘 운동을 해 왔어. 평화라는 단어가 그저 노래나 사전, 연설에만 있
는 것이 아니라 현실이 될 수 있도록 말이야. 그러니 내가 너와 너희 민족
을 반대한다고 의심할 수는 없는 거잖아. 게다가 네가 자신에게 던져 보
지 않는 질문이 있어. 그게 뭐냐 하면 너희 쪽 평화주의 운동가들은 도대
체 어디에 있냐는 거야. 어째서 10만여 명의 팔레스타인 사람들이 모여
서 증오의 눈길 없이 우리와 평화를 맺자고 하는 일은 없느냐는 말이야.
왜 인티파다는 3년 전에 터졌느냐는 말이야. 당시만 해도 우리 이스라엘
사람들은 팔레스타인 건국에 동의하려 했는데 말이야. 그리고 테러리스
트들이 여자와 아이들, 아기들까지 살해하는 걸 너희들은 용납할 수 있는
거야? (그래, 넌 이렇게 얘기하겠지. 이스라엘 군인들은 더한 짓을 한다고. 하
지만 우리 쪽에선 그러지 말라고 항의하는 사람들이라도 있잖아!) 그런데 너희

쪽에선 왜 아무도 그걸 반대하지도 않고 막지도 않느냐는 말이야! 하루는 우리 아빠가 뭐라고 한 줄 알아? "군인들에 대항하는 무력투쟁은 이해해. 아니, 이해뿐 아니라 충분히 용납할 수 있어. 하지만 일반 시민에 대한 테러에는 그럴 수 없어." 우리 아빠에겐 가자에서 군 복무를 하고 있는 아들이 있어. 아빠는 어느 때라도 아들의 죽음을 통고 받을 수 있다는 걸 염두에 두고 있다고!

우리 쪽 사람들도 정상적인 상황에서 살아가는 건 아니라는 거, 너 알아? 자식들이 버스를 타거나 카페에 간다고 해서 부모들이 벌벌 떨어야 하는 게 정상이야? 에프라트의 부모님은 저녁에 에프라트와 언니가 함께 외출하는 걸 금지했어. 그래야 행여 테러가 일어나도 딸 하나는 잃을망정 둘 모두를 한꺼번에 잃지는 않을 거 아냐! 부모들이 이렇게 생각하는 게 넌 정상이라고 봐? 우리 학교 여학생 세 명과 남학생 두 명이 테러로 다쳤는데 그들에겐 팔다리가 없고 끔찍한 흉터만 있다는 걸 아느냐고!

그래, 고의로 그런 건 아니지만 나 때문에 언짢았다면 미안해. 사과하라면 할게. 난 미안하다고 말하는 걸 주저하지 않으니까. 그런데 말이야, 내가 네게 조금 다가가려 하면, 우리 사이에 뭔가 우정 같은 게 생기려고만 하면 넌 갑옷을 두르고 활을 겨누잖아!

언젠가 네가 물었듯 나도 물어보지. 넌 이게 공정하다고 생각해?

탈.

보낸 사람: bakbouk@hotmail.com

받는 사람: Gazaman@free.com

제목: 계속 화났어?

좋아. 넌 답장을 보내지 않지만 그러는 사이에 난 벌써 진정했어. 네 글 모두를 처음부터 다시 쭉 읽어 봤어. 글을 읽으면서 넌 유머와 분노가 섞여 있는, 복잡하고도 흥미로운 괴짜라는 걸 확인했어. 만일 네가, 그냥 말이야, 오스트레일리아 사람이고 내가 노르웨이 사람이라면 우린 이렇듯 화를 내지 않으면서 글을 주고받을 수 있을 텐데. 노르웨이와 오스트레일리아 사이에는 이제껏 아무런 분쟁도 없었던 걸로 알고 있거든. 하지만 나눌 말은 지금의 우리보다 훨씬 적을지도 모르겠어. 노르웨이 사람과 오스트레일리아 사람 사이였다면 말이야…….

어쨌든 난 이 세 가지는 확신해.

1) 네가 답장을 보내지 않는 동안 내가 널 가만히 내버려 두지는 않을 거라는 것.

2) 너에겐 진짜 비밀이 있다는 것.

3) 네가 날 좋아한다는 것. 그래, 날 좋아해. 아니면 내게 편지를 쓰고 내 글을 읽는 걸 좋아하거나. 그게 그거지만.

79

네게 평화를. 우리는 히브리어로, 너희는 아랍어로 이렇게들 말하잖아.

탈.

탈

재미있는 게임이다. 누가 고양이고, 누가 쥐인 걸까? 벌써 두 달 넘도록 우리는 메일을 주고받고 있다. 그 애가 뭘 원하는지 난 모르겠다. 하긴 내 쪽에서도 그게 분명한 건 아니다. 서로 관심 있는 것들—영화, 음악, 드라마 등등—에 대해 얘기하는 채팅 사이트에서 만난 것도 아니다. 난 그저 내 또래의 팔레스타인 여자애와 편지를 주고받으려 했는데, 나이도 모르는 한 팔레스타인 녀석에게 낙찰된 것이다. 자기가 원할 때만 깜박등을 켰다 껐다 해 대는 한 남자애한테.

바람에 흔들리는 문짝처럼 내 머릿속에서는 질문들이 집요하게 일고 있다. 난 그 애한테 뭘 기대하는 걸까? 우정? 대결? 실망? 도대체 그 애가 내게 어떤 존재이길 바라는 걸까? 그 애와 함께 있길 원해도 되는 걸까? 내가 이스라엘 사람이 아니고 그 애가 팔레스타인 사람이 아니라면 문제가 없을 거라고 그 애한테 말한 적이 있다. 그런데 우리는 이스라엘인이고 팔레스타인인이다. 땅이 불타고 있는 이곳에서 태어났다. 젊은이들이 자기가 아주 빨리 늙어 버린다고 느끼고, 수명대로 산다는 게 거의 기적이나 다름없는 곳. 만일 그 애와 내가 정말 서로 '얘기를 나눌' 수 있게 된다면, 그것이 곧 우리에게 감형의 여지도 없는 '증오'라는 종신형이 선고된 게 아니라는 증거일 거라고 계속 믿고 싶다.

처음으로 내게 진짜 비밀이 생겼다. 내가 에프라트나 리오르와 함께 나누지 않는 어떤 것. 사랑하는 사람이랑 절친한 친구가 있다 보면, 둘 중 한 사람에게 하지 못하는 말을 다른 한 사람에게는 할 수 있게 마련이다. 그런데 가자맨과 탈 레빈의 머리도 없고 꼬리도 없는 편지들은 그야말로 소리 죽인 라디오, 특급 비밀이 되어 버렸다. 일부러 그렇게 하려고 했던 건 아니지만 그럴 수밖에 없었다. 처음엔 그 병을 에탄 오빠에게 맡기지 못할까 봐 걱정이었다. 가자에 있는 사람과 메일을 주고받는 건 위험하고 미친 짓이라면서 금지할까 봐. 아니, 사실 꼭 그렇지는 않다. 나 말고도 다른 사람들, 평화운동을 하는 사람들이 있고, 그들은 팔레스타인 사람들과 수시로 접촉하고 그쪽으로 직접 가기도 한다. 하지만 이런 경험을, 익명으로 사적인 접촉을 하는 사람은 아마도 나뿐일 것이다. 혼란스럽다. 저쪽엔 실제로 누가 있는 걸까? 무척 간편하지만 쉽게 속을 수도 있는 게 이메일이다. 우리들 각자는 모두 유일한 존재이지만 열 개, 백 개, 천 개의 메일 주소와 만 개의 아이디를 가질 수도 있는 것이다. 새로운 신분을 만들어 낼 수도 있고, 거짓말을 할 수도 있으며, 어쩌면 거짓말을 하고 있는 상대방과 얘기를 나눌 수도 있다. 모두들 모니터 뒤로 숨을 수 있으니 누구도 들킬 우려가 없는 것이다. 생각하는 것, 좋아하는 것, 싫어하는 것을 서로들 얘기하지만—색, 꽃, 동물, 가수, 배우…… 이런 것들이 우리가 누구란 걸 정말 말해 줄 수 있을까?— 대단한 애를 쓰면서 하는 것도 아니다. 거짓을 말하는지 진실을 말하는지 알기 위해 두 눈을 바라볼 수도 없는 그 누구를, 실제로는 아무도 아닌 이를 대하고 있으니 말이다. 내 앞엔 단지 모니터가 있을 뿐. 보이는 건 나밖에 없다. 거북하게도.

벌써 며칠째 이런 생각을 가슴에 담고서 걸어다니고 있다. 거북함. 힘들고 쓸쓸한 감정이다. 목구멍에 뭔가 걸려 있는 듯한, 누군가 내 머리를 뒤로 잡아당겨 내가 가고 싶은 데로 가는 걸 방해하는 듯한 느낌. 내 신경들과 장난질하면서 나를 웃기거나 아프게 하고, 아무에게도 말도 하지 못하게 만드는 그림자에 나는 묶여 있는 것이다. 리오르가 무슨 문제가 있냐며 여러 번 물었다. 나는 아니라고 했다. 에프라트는 약간 뾰루퉁하다. 에프라트는 내가 뭔가를 숨기는 걸 참지 못한다. 생물 시간에 내가 편지를 쓰는 걸 보고 난 뒤로 에프라트는 성능 좋은 안테나를 머리에 달고서 내가 거짓말을 하는지 탐지한다. 에프라트랑 눈이 마주칠 때마다 이런 소리가 들려온다. "삐, 삐, 삐이? 거짓말 탐지됨!" 그래서 난 시선을 돌려 버린다.

이 조그마한 비밀이 내 주위에 거미줄을 쳐 버린 것 같다. 나는 그 속에서 꼼짝달싹 못 하게 되어 다른 사람들에게서 멀어져서는 평소처럼 말할 수 없게 되고 만다. 그와 동시에 내가 왜 이렇게 불편해야 하는지도 이해가 안 된다. 난 한 남자에게 편지들을 보냈고 그는 기분이 내킬 때 답장을 했을 뿐인데, 그것 때문에 매일 아침마다 인터넷 접속 대상과 시간을 대자보에 써서 예루살렘 전체에 알려야 할 것까진 없잖아! 그런데도 나는 뭔가 평소와 달라졌고, 다른 사람들이 그걸 느끼고 있는 것이다. 이 긴장을 녹일 강한 산이라도 있었으면 좋겠다. 그렇게 되면 화학 실험실에서 하는 것처럼 요술같이 쉽게 녹여 버릴 텐데.

난 운이 좋다. 그것도 아주 많이. 오늘 아빠는 일하러 나가지 않았다. 아빠는 내가 얼굴을 적시기 위해 여러 차례 욕실에 들락날락하는 걸 봤다. 그리고 내가 진통제 두 알을 먹는 것을 보고는 물었다. "탈, 어디 안 좋니? 머리 아파?" 이런 말은 엄마라도 그렇게 말했을, 시의 적절한 말이긴 하지만 별다른 의미는 없는, 그러니까 아무런 출구도 갖지 않는 문장이다. 그러면 나는 이렇게 대답한다. "아뇨, 괜찮아요." 그러면서 더욱더 닫혀 가는 것이다.

아빠는 언제 얘기를 해야 하고 언제 침묵해야 하는지 안다. 무슨 얘기를 어떤 말로 해야 하는지도. 내 머릿속에서 신경세포들이 마구 들쑥날쑥하며 혼란스러울 때면 아빠가 그걸 정돈해 준다.

아빠는 내 방문을 두드렸고, 내가 들어오라고 할 때까지 기다렸다.

아빠의 초록색 눈이 내 눈을 주시했다. 눈가에 작은 주름을 만드는 잔잔한 웃음을 머금고서.

"탈, 널 방해하는 건 아닌지 모르겠구나."

나는 그렇지 않다고 고개를 저으며 노트, 그러니까 내가 지금 이 글을 쓰고 있는 바로 이 노트를 접었다. 아빠가 뭔가 눈치를 챈 것 같진 않았다.

"졸업 시험 때문에 네가 아주 바쁘다는 거 안다. 게다가 리오르도 있고, 친구들도……. 하지만 네게 부탁하고 싶은 게 하나 있구나. 이상하게 들리겠지만 네가 좋아할 만한 부탁이야."

"네?"

"영국의 어떤 방송국에서 예루살렘에 대한 다큐멘터리를 만든다고 하더라. 그쪽에서 촬영에 들어가기 전에 장소들 좀 물색해 달라고 나한테 부탁을 했어. 이 도시와 주민들의 온갖 모습들을 조명하는 일이야. 우선 듣기에는 퍽 대단한 건 아니고, 여태껏 수천 번은 했던 종류의 작업인데 제목만 바뀌는 거지. 통곡의 벽, 시장, 정통 유대교인들이 모여 사는 메어 셰어림, 검은색 전통 복장을 입은 독실한 유대인들, 수연통을 피우며 젤라바를 입은 무슬림들, 십자가 수난의 길로 서둘러 가는 경건한 표정의 수녀들, 기독교 정교의 신부들, 벤 예후다 거리의 카페나 디스코장의 젊은이들도 조금 비추고…… 오렌지 주스를 마시는 군인들, 방탄조끼, 그리고 마지막에는 구 도시의 노을을 크게 배경으로 까는 거지. 이 일을 부탁한 사람들은 우편엽서에서 볼 수 있는 풍경 같은 건 원치 않아. 그들보다 먼저 비슷한 프로그램을 제작했던 많은 사람들이 그랬듯이 뭔가 다른 예루살렘, 진짜 예루살렘을 보여 주려는 야심을 가지고 있지. 난 그 사람들한테 그건 감동적인 로맨스 소설을 쓰는 것만큼이나 어렵다고 귀띔해 놨어. 보여 줄 게 얼마나 많니! 또 그걸 다 담으려면 얼마나 벅차겠어! 그러다가 네 생각이 나서…… 그 요청을 받아들인 거란다."

"저를 생각했다고요! 어, 어디 있어요? 다큐멘터리 기획서 말이에요."

"넌 젊어. 그리고 순수해. 어떻게 하다 보니 네가 텔아비브에서 태어나긴 했지만 예루살렘은 바로 너의 도시야. 너는 21세기를 맞은 이 도시를 네 눈으로 지켜보며 살아가고 있고, 앞으로도 네 인생의 대부분을 여기서 살아갈 거잖아. 그러니 내게 필요한 건 바로 너의 시각이란다. 난 너의 눈을 통해서 이 도시를 보고 싶은 거야. 네가 원하면 내 카메라를 빌려주마. 그걸 노트처럼 쓰면 돼. 여기에 한 번도 발을 들여놓아 본 적 없는 사람들이 네 삶을 막연하게 상상하도록 만드는 장소 말고, 네게 친근한, 그러니까 네가 사는 곳을 생생하게 얘기해 줄 수 있는 장소들을 촬영하면서 말이야. 물론 난 네가 카메라를 싫어하지 않는다는 것도 알고 있단다."

난 아빠 목에 매달렸다. 내가 아빠 키만큼 커 버린 뒤로는 좀처럼 그러지 않았지만 이번엔 망설이지 않았다. 한 번도 해 본 적이 없는 일이라 아빠의 기대에 못 미칠지도 모르지만 어쨌든 굉장할 것 같다고 아빠한테 말했다. 그래, 바로 그거다. "예루살렘의 연인." 언젠가 에프라트가 자기 기분에 겨워 이름 붙였던 것처럼. 아빠는 내가 충분히 잘 해낼 수 있을 거라면서 따로 좀 더 '클래식한' 것들을 찾아보겠노라고 했다.

"물론 수당도 줄 거야."

난 눈이 휘둥그레졌다.

"그렇다고 노시를 산책하는 일로 돈을 받을 순 없잖아요. 게다가 아빠 카메라까지 쓰는데?"

"그건 그렇지 않아. 네가 하는 것도 엄연히 일이니까. 네가 그걸 즐긴다면 다행이지만, 그래도 그건 분명히 일이거든."

"그 영국 사람들 언제쯤 제 촬영 영상이 필요하죠?"

"두 달 뒤. 그럼, 네가 받아들인 걸로 보면 되겠니?"

"그럼요. 물론이죠!"

"탈, 아주 고맙구나. 카메라가 어디에 있는지는 알고 있지? 조심해서 다룰 거라고 믿는다."

아빠는 이렇게 말하고 내 방에서 나갔다.

아빠가 참 멋지다는 생각이 들었다. 내가 원하는 걸 하게 해 주면서도 오히려 내게 고맙다고 하다니! 아빠 카메라를 원하는 대로 쓸 수 있게 되다니! 이제는 사촌의 결혼식이나 군 복무 때문에 떠나는 에탄 오빠를 찍는 것 말고도 다른 것들을 찍을 수 있는 것이다. 하긴 그런 장면들도 난 제법 잘 찍곤 했다. 그 자리에 참석한 모든 사람들의 손을 배경으로 엄마를 등 뒤에서 촬영했다. 엄마의 두 눈엔 눈물이 가득 고여 있었다. 울고 있거나 아무렇지도 않은 척하는 사람을 정면에서 찍는 것은 별로 인간적이지 않다. 오히려 그 사람들의 등이 훨씬 더 많은 걸 얘기한다.

어쩌면 자막에 내 이름이 나오겠지?

어쩌면 많은 돈을 벌게 될 수도 있지 않을까?

감히 그런 걸 물어볼 수는 없었다. 사실 아까는 이런 생각이 떠오르지도 않았다. (지금이니까 하는 생각이다.)

예루살렘에서 가자를 지나 할리우드까지

보낸 사람: bakbouk@hotmail.com

받는 사람: Gazaman@free.com

제목: 영광의 길로!

가자맨,

네게 알려 줄 아주 중대한 소식이 있어. 내 꿈 하나가 이뤄지고 있어. 마침내 내 꿈이— 더 정확하게는 꿈의 시작이라고 해야겠지만 어쨌든 시작을 해야 이뤄지는 거 아니겠어? 어떤 촬영 작업에 조수가 되는 거야. 그래, 에프라트가 잘 지적해 주었듯이, 올랜도 블룸이 출연하거나 유명한 배우가 나오는 건 아니야. 다큐멘터리니까. 하지만 카메라를 내 두 손에 들게 돼. 아빠가 나한테 장소를 물색하라는 임무를 주셨거든.

난 지금 무지무지 좋아!

그래서 네게 알리고 싶었어.

안녕,
탈.

P.S. 예루살렘에 관한 다큐멘터리야. 내가 살고 있는 그대로, 내가 보는 그대로의 도시를 촬영해야 해. 바보 같은 질문 하나 할게. 너, 예루살렘에 와 본 적 있어?

보낸 사람: Gazaman@free.com

받는 사람: bakbouk@hotmail.com

제목: re: 영광의 길로!

하하하, 이 아가씨가 벌써 할리우드에 가 있나 보군! 다른 건 몰라도 자신감 하나는 부족하지 않은 것 같은데? 그렇다고 내가 기뻐서 바닥을 대굴대굴 구르거나 네게 장미 꽃다발을 보낼 거라는 기대는 하지 마. 어쨌거나 여기엔 꽃집들이 그리 많지도 않고, 뭐…… 그런 데가 아니거든.

내가 너를 위해 기뻐할 수는 없어. 너와 나는 봉쇄된 곳에서 몇 주씩 함께 지낸 사이도 아니니까. 이게 만만치 않은 거리감을 만들거든. 기쁘진 않지만 질투가 나긴 해. 네가 잘 알아듣도록 정확하게 다시 한번 쓰는데, 난 질투가 나.

안녕,

나.

보낸 사람: bakbouk@hotmail.com

받는 사람: Gazaman@free.com

제목: 정확하게 말하자면

난 절대로 할리우드에 진출한다고 말한 적 없어. 까칠하게 굴려고 맘만 먹었다 하면 널 당해 낼 사람은 아무도 없지. 내겐 수년 전부터 품어 왔던 꿈이 있어. 아무도 보지 못하는, 하지만 분명히 우리 눈앞에서 벌어지는 일들을 카메라 뒤에 서서 보여 주고 얘기해 주는 것. 너, 이해할 수 있니? 응? 설마 넌 가지지 않았다고 우기진 않겠지? 꿈들 말이야.

이만, 안녕!

탈.

P.S. 너랑은 항상 모든 걸 반복해야만 하는 것 같군. 예루살렘에 와 본 적 있냐고!

P.S. 2. 음…… 아무것도 아냐. 아, 아무것도 아닌게 아니라, 그러니까, 이렇게 하도록 하자. 홀수 날에만 네가 나한테 심술을 부리기로 말이야. 어때?

보낸 사람: bakbouk@hotmail.com
받는 사람: Gazaman@free.com
제목: 나의 첫걸음(과 걱정)

가자맨, 안녕.

걱정부터 얘기할게. 벌써 며칠째 네 소식을 듣지 못했잖아. 넌 원래 그런 애라고 생각해. 쓰고 싶으면 쓰고 침묵하고 싶으면 침묵하는 애니까 내가 적응해야 한다고. 만일 네가—자, 지구본을 돌려서 그냥 아무 데나 손가락을 갖다 대 볼게—이탈리아나 캐나다에 살고 있다면 너 아주 바쁜 가 보다, 역사 시험이 있나(네가 고등학생이라면 말이야), 사랑에 푹 빠져 있나(사랑에 빠져 있다면), 아픈 사랑을 하고 있나(넌 아주 사랑하는데 여자는 널 덜 사랑한다면), 컴퓨터에 문제가 생겼나(너희 집에 컴퓨터가 있다면), 인두염이 도졌나(네게 아직 편도선이 있다면) 하고 생각할 수도 있어. 그런데 문제는 넌 조건부 생활의 표본인 데다가 가자에 살고 있다는 거야(가자 어딘지가 여전히 문젠데…… 도심에? 난민촌에?). 뉴스를 보니까 요즘 가자 지구에서 어떤 작전이 진행 중이라던데. 하마스의 과격분자들이 죽었다며? 네 명이라고 했던 것 같아. 게다가 일반 시민들도 죽거나 다쳤다는 보도도 있었어. 화면을 주의 깊게 살펴보니까 칸 유네스 난민촌이었어. 네가 그 장면에 있을 확률이 100만분의 1 정도라고 생각했어. 하지만 내겐 그걸 확인할 방법이 없잖아. 우리 이스라엘 군인들이 파괴한 집을 가리키며 울고 있는 여자들, 분노한 남자들, 잔해 속에서 자기 물건을 찾고 있던 어린이들이 보였어. 아득히 먼 곳처럼 느껴졌어. 다가갈 수 없는 꿈처럼 먼 것이 아니라, 그런 걸 겪고 있지 않아 다행스러워하는 악몽처럼 먼. 그래, 난 그렇게 생각했어. 파괴된 집…… 얼마나 끔찍하고 슬퍼. 대단한 걸 가졌던 것도 아니었는데 갑자기 아무것도 없게 되어 버렸으니 얼마나 힘들까. 이젠 다른 데서 자고 다른 데서 먹어야 하게 되었으니. 그러면서 만일 우리 집이 파괴되었다면 난 어떨까 생각해 보기까지 했어. 내 내부가 완전히 무너져 내리는 느낌이었어. 네가 그 장면에 없기를, 네가 그런 일을 겪고 있지 않기를 바랐어.

왜? 왜 그런 일이 일어나는 거야? 내가 좋아하는 우리 나라, 이렇게 아름다운 우리 나라, 아주 좋은 사람들이 수두룩한 우리 나라가 왜 거기 너희 쪽에서 그런 짓을 하냐 말이야! 그래, 테러에 대한 보복 때문이겠지. 우리 친구들, 우리 이웃들, 그 모든 사람들이 죽는 걸 참을 수 없으니까. 하지만 그만 멈춰야 하잖아! 우리 모두가 미궁 속에 빠져 있는데 아무도 출구를 찾지 못하고 있고, 모두들 자유로운 공기를 맛보기 위해 오히려 마구 화를 내면서 아예 모든 걸 부수고 있는 것만 같아.

사실 오늘은 아빠 카메라와 함께한, 예루살렘에서의 첫걸음에 대해 얘기하고 싶었어. 마하네 예후다 시장을 촬영하러 갔어. 아주 화기애애한 곳이었지. 상인들이 내 덕분에 유명해진다면서—그들이 그렇게 생각하는 거지—내게 과일 주스를 줬어. 그런데 오늘은 네게 글 쓸 시간이 더 없네. 괜찮아. 다음에 또 쓰면 되니까. 네가 무사한지만 대답해 줘. 제발 말장난하지 말고, 아이러니도 섞지 말고, 냉소도 보태지 말고 말이야. 아니지, 그래도 좋아. 이번만은 네가 그런다 해도 난 정말 아무렇지도 않을 거야. 네가 냉소적일 땐 그래도 네가 썩 나쁜 상태는 아니라고 확신할 수 있으니까.

네가 안녕하기를,

탈.

가자맨

함정에 빠졌다.

탈에게 한 방 먹었다.

이젠 두렵다.

사실을 쓰기조차 두렵다. 내가 종이를 찢기 전에 탄두가 내게 떨어 시기리도 한다면? 사람들이 포개져 있는 이 빌어먹을 지역에서 혼자 행동하고 혼자 있으려 하면 그 즉시 의심을 받게 되니, 누군가 나를 감시하고 추적하고 있다면.

우리는 동양에 있다. 그것도 아랍 세계. 그것도 지중해 연안에. 이 세 가지가 의미하는 것은, 하루 24시간 내내 가족이나 친구랑 같이 있지 않거나 이슬람 사원에서 다른 사람들과 함께 있지 않으면 사람들은 그를 무슨 병자처럼 여긴다는 점이다. 함께. 늘 함께여야 한다.

나, 나는 잠시라도 혼자가 될 수 없다면 오히려 미쳐 버릴 것 같은데.

그 애 이름은 탈이다. 탈 레빈. 1986년 7월 1일에 텔아비브에서 태어났고, 그 애가 사랑하는 도시 예루살렘에서 살고 있다.

그 애한테는 아주 특별한 아버지가 있다.

난 내가 할 수 있는 한 마음껏 그 애를 비웃었다. 그게 재미있었다. 그러면 긴장이 풀렸다. 여기선 여자아이들을 비웃을 수 없다. 그런 일은 아주 안 좋게 여겨진다. 여기선 여자들을 아주 존중해야 한다. 무슨 말인가 하면 너무 오래 쳐다봐서도, 너무 많이 얘기를 나눠서도 안 된다는 소리다. 우리는 여자들이랑 뭔가 흥미로운 일을 해 보기도 전에, 포옹도 해 보기 전에 결혼부터 해야 한다.

난 여자들이 두렵다. 더 이상 탈을 비웃고 싶지 않다.

여자들이 가슴에 한번 들어왔다 하면 도로 끄집어낼 수가 없게 되어 모든 걸 점령당해 버리고 만다. 마치 몸 안에서 퍼지는 독약처럼 끝장이 나는 거고, 거기엔 해독제도 없다.

지금 나는 아무 말이나 횡설수설하고 있는 게 아니다.

탈. 나는 그 애를 한 번도 본 적이 없다. 언젠가 보게 될 수 있는 것도 아니다. 그 애는 존재하지도 않은 채 존재하고 있는 것이다. 그 애는 PC방의 모니터에 존재한다. 모니터 화면에 그 애의 글, 그 애의 기운, 그 애의 물음 들이 있다. 나는 그것들을 아주 빨리 읽어 버린다. 내가 이스라엘 소녀와 편지를 주고받고 있다는 걸 누군가에게 들킬까 봐 늘 두렵다. 그 애는 적일 뿐이다. 악마가 여자로 변장한, 그러니까 남자 악마보다 더 지독한……

나는 이메일 접속 암호를 매일 바꾼다. 편지를 읽고 나면 곧바로 지워 버린다. 하지만 내 머릿속의 하드디스크는 지워 버릴 수가 없다.

믿기지 않는다. 예루살렘에 사는 열일곱 살 먹은 유대인 소녀가 가자맨이라는 우스꽝스런 별명의 나를 생각하고 있다니. 내가 이 아이디를 선택한 건 무엇보다도 내가 남자라는 걸 알려 주고 싶어서였다. 가자에도 엄연히 남자들이 있다는 걸. 그런데도 이스라엘인들은 완전히 그 반대라고 생각한다.

하지만 그 애는 다르다.

그 애의 마지막 편지는 나를 완전히 쓰러뜨리고 말았다. 그 애는 '파괴'를 너무도 잘 묘사하고 있었다. 어쩌면 여기서 살고 있는 사람들보다도 더 잘. 그 애는 자신의 언어로, 우리 처지가 되어서는 모든 걸 느끼고 있었다. 그리고 바로 이 문장이 있었다. "네가 무사한지만 대답해 줘." 그 소리가 아직도 들린다. 마치 끝이 없는 메아리처럼. "네가 무사한지만 대답해 줘……."

나는 이스라엘 쪽의 누군가가 안부를 걱정해 주는 유일한 팔레스타인 사람일 것이다. 유네스코는 나를 세계유산으로 분류해야 할 것이다. 사람들은 아주 귀하고 보기 드문 기념물인 나를 촬영해서 전 세계에 보여 줘야 할 것이다.

나는 탈 레빈의 함정에 빠졌다. 끔찍한 일이다. 다시는 겪고 싶지 않다고 다짐했던 그 일을 떠올리게 한다. 내 머릿속에 남아 있는 한 소녀. 심장이 뛴다.

아니, 아니, 아니다. 난 그 애를 사랑하는 게 아니다. 그 애를 본 적도 없는데. 그건 불가능한 일이다. 그 애는 아주 못생겼을 것이다. 게다가 기온이 20도만 넘어도 땀을 뻘뻘 흘려 대고 겨드랑이는 땀 자국으로 흥건한…… 우웩. 작고 째진 눈에 이중 턱, 너무 크고 날이 선 귀, 입술 위엔 짙은 털, 고르지 않은 치열, 어정쩡하게 떨어져 있는 두 눈, 너무 가까이 붙은 눈썹, 매부리코, 짤따란 다리에 커다란 발, 일주일에 한 번 목요일에만 감아서 지저분한 머리, 코끼리 걸음, 감기 든 곰 같은 목소리, 기력 없는 양 같은 눈초리, 새처럼 멍청한 머리…… 그 밖에도 긴 목록이 더 있을 것이다.

아니, 아니, 아니, 물론 아니다. 뭘 잘못 먹은 것도 아니고 열도 없는데 내가 왜 이러지? 그 애는 분명 예쁠 거다. 아니, 무척 아름다울지도 모른다. 아무튼 분명히 예쁘긴 예쁠 거다. 정말 못생긴 애들은 멍청하기도 한 경우가 태반이니까. 이건 물론 지극히 개인적인 생각이다. 쥐 같은 얼굴을 하고서 그 애처럼 예민하고 호기심 많으며 영리할 수는 없다. 매력은 말을 할 때 얼굴에서, 눈에서, 심지어 입술 모양새에서도 드러나게 마련이다.

다짐했는데, 다시는 함정에 빠지지 않겠다고 맹세했는데. 게다가 이스라엘 소녀라니. 내겐 징크스가 있다. 언젠가 그 애는 이렇게 썼다. 너랑은 항상 모든 길 반복해야만 하는 것 같다고. 모든 게 반복되는 것 같다. 제1차 세계대전이 일어났고, 그다음엔 제2차 세계대전. 1차 인티파다가 있었고, 그다음에 2차 인티파다. 그리고 나한테도 이제 두 번째…….

아냐, 아냐, 아니지. 이건 불가능해. 왜냐하면 말이 안 되잖아. 현실에선 일어날 수가 없는 거잖아. 현실에선 탈 레빈의 집에 가서 대문을 두드릴 순 없거든. 주소를 안다고 해도 탈에게 가서 "안녕? 나야. 널 실제로 보고 싶었어. 나랑 카페에 가지 않을래?"라고 할 수는 없는 거니까. 현실에선 이쪽에 내가, 저쪽에 그 애가 있을 뿐이다. 우리 두 민족은 서로를 증오하며 싸우기만 하니까 우리는 21세기의 로미오와 줄리엣이나 다름없지만, 우리 얘기를 쓰려는 사람은 아무도 없다.

말도 안 되는 걸 쓰고 있다. 우리는 로미오와 줄리엣이 아니다. 탈은 남자 친구가 있다고 처음에 병 속에 넣은 편지에서 말했고, 그때부터 계속해서 남자 친구 얘기를 했다. 이름은 리오르. 히브리어로 '나에게 빛'이라는 뜻. 곧 군 복무를 해야 하니 윗몸 일으키기를 열심히 하고 있는, 훤칠한 청년이겠지. 탈이 군 복무에 대해서 따로 말한 적은 없지만 이스라엘에선 열여덟 살만 되면 모두들 거치게 되는 의무니까. 리오르와 탈도 다른 젊은이들처럼 그럴싸한 카키색 제복을 입게 되겠지. 상상할 수 있는 가장 재미있는 상황은 리오르가 여기에서 군 복무를 하게 되어 내가 그를 한 방 먹이는 일. 그리고 가장 부조리하고 기적적이면서도 끔찍한 상황은 탈이 여기 가자로 배치되는 것.

괜한 얘기들을 하고 있군. 내 머리가 어떻게 됐나! 그 병을 열지 말았어야 했는데. 차라리 그 속에 폭탄이 들어 있어서 내 팔을 앗아가는 게 나았을 텐데. '다시는'이라고 맹세했건만. 다시는……

단지 날 부르는 친절한 말을 찾으려 하고 있는 것이지, 그 애에게 난 친구가 아니다. 그러면서도 그 애는 날 걱정하고 있다. 그래서 미칠 것 같다.

그 애 이름은 탈이다. '아침 이슬'이라는 뜻. 이걸 내게 알려 준 건 또 다른 탈이었다.

이 종이를 찢을 때가 왔다.

누군가의 이름이 선물이 될 수 있다니

보낸 사람: bakbouk@hotmail.com

받는 사람: Gazaman@free.com

제목: 제발 소식 좀!

나 정말 걱정하고 있어. 가자에 또 다른 부상자와 사망자들이 생겼다고 라디오에서 들었어. 네가 굳이 날 안심시키기 위해 컴퓨터로 달려들지는 않을 거라는 거 알아. 그래도 네 소식을 알고 싶어. 목구멍에 뭔가 딱 걸려 있는 것만 같아. 왜냐하면 말이야, 비록 지금껏 내가 너에 대해 아는 건 별로 없지만…… 가자맨, 그 짓궂고 냉소적인 단어 뒤에 숨어 있는 것들을 난 이해했다고 생각하거든. 난 이처럼 오랜 침묵을 견딜 수가 없어.

곧,

탈.

보낸 사람: Gazaman@free.com

받는 사람: bakbouk@hotmail.com

제목: re: 제발 소식 좀!

안녕, 탈.

아냐, 난 칸 유네스에서 살지 않아. 그런 처지는 아니야. 거긴 을씨년스러운 곳이지. 내 주변에도 그곳에서 살고 있는 사람들이 좀 있어. 그 지역 사람들은 요새 너희 민족에게 몹시, 정말 몹시 화가 나 있어. 네가 신을 믿는다면, 네 오빠가 그 지역으로 가지 않기를 비는 게 좋을 거야.

어쨌든 네가 관심이 있다면 얘기해 주지. 난 무사하고 내가 사는 곳엔 별일 없어. 그래, '내가 사는 곳'이라고 했어. 가자에는 거대한 난민촌만 있는 게 아니라 거실 하나, 방 두 개, 욕실 하나, 분리된 화장실, 전화, 텔레비전을 갖춘 아파트에서 생활하는 보통 사람들도 있거든.

그런데 요 며칠 동안 통행금지령이 내려지는 바람에 PC방이나 다른 곳에

갈 수가 없었어. 난 통행금지를 만들어 낸 사람을 증오해. 이유가 뭐든 간에 외출이 금지되는 게 얼마나 끔찍한지 넌 상상할 수 없을 거야. 넌 마냥 꼼짝 못 하게 되는 거야. 네가 할아버지를 찾아뵈어야 한다고, 시장을 보러 가야 한다고, 약을 받거나 출산하러 병원엘 가야 한다고 해도 아무 소용이 없지.

너처럼 기분 전환하러 영화관에 가고 싶다고 해도 말이야.

피곤해. 구급차 소리, 분노로 들끓는 사람들의 함성, 복면을 두르고서 성전을 외치는 하마스 사람들의 시위, 머리 위를 날아가는 정찰기와 헬리콥터 소릴 듣는 게 피곤해. 밤낮으로 켜져 있는 라디오와 텔레비전 소리를 듣는 게 피곤해. 라디오와 텔레비전에서 나오는 소리라고는 사망자, 부상자, 파괴된 집들……. 사람들은 미국을 탓하지. 그처럼 강하면서도 이 분쟁을 타결하는 데 아무런 도움이 안 된다고. 사람들은 복수를 기약하지. 끔찍한 맹세, 소름 끼치는 증오. 증오가 날 얼마나 지치게 만들고 기력을 빼앗는지 넌 알 수 없을 거야, 탈.

나, 나도 분노를 자주 느껴. 이런 생각을 할 때가 있어. 우리 부모, 조부모, 증조부모들은 자파에서 태어났고, 그곳에서 평안하게 잘 살았어. 그런데 유럽에서 유대인들이 와서는 정착했지. 왜 하필 여기냐고! 그들은 아주 오래전에 여기서 살았기 때문이라고 얘기하지. 원래 자신들의 땅이었다고. 그다음 얘기는 너도 알고 있을 테지만 그게 전부는 아닐걸? 1948년에 너희들은 나라를 얻었지. 그런데 이 지역에선 아무도 그걸 용납하지 않았어. 그래서 너희를 상대로 전쟁을 벌였지. 자파에 살던 우리 가족들은 전쟁이 두려워서 피난을 갔어. 아랍군은 너희들을 몰아내고 곧 귀향할 수 있을 거라고 약속했지. 멋진 기약이었지만 귀향 같은 건 결코 이루어지지 않았어. 전쟁에서 너희들이 이겼고, 우리들은 이집트의 통제하에서 가자에 발이 묶여 버렸어. 그때부터 너희에겐 환희의 날이 된 이스라엘의 독립기념일은 우리에겐 초상 날이자 나크바*의 날이 된 거야. 1967년에 또 다시 전쟁이 일어났어. 6일 전쟁. 그때도 너희들이 이겼고, 이스라엘이 팔레스타인 사람들이 살던 땅을 차지했지. 그때부터 우리들은 하루도 빠짐없이 우리의 독립을 더 간절하게 꿈꾸고 있는 거야. 어떤 사람들은 너희들이 완전히 망하길 바라기도 해. 정말이야. 하지만 모두가 그런 건 아냐. 나도 그러는 게 바람직하다고 생각지는 않아. 넌 정치에서 호의나 친절 같은 게 고려된다고 생각해? 사실 정치인들은 나 몰라라 하고 있는 것이거나, 아니면 너희들을 몰아내는 게 불가능하다는 걸 알고 있는 것인지도 모르지.

우리 할머니는 자파에 대해, 우리 가족이 살던 집에 대해 자주 얘기해 주셨어. "얘야, 진짜 싱이나 다름없었단다. 바다에서 불어오는 바람이 커튼을 흔들어 댔지. 바다는 여기 가자만큼 아름다웠는데 더 조용하고 더 넓고 더 자유로웠던 것 같아. 얘야, 가자는 바다조차도 감옥을 닮은 것 같구나." 난 할머니가 해 주는 얘기를 듣는 걸 좋아했어. 할머니의 목소리는

---

*아랍어로 '재앙'이라는 뜻

부드러웠고, 두 눈은 좀 피로해 보이지만 인자하고 아름다웠지. 또 절대로 화를 내신 적이 없었어.

몇 년 전에 난 이스라엘에서 일을 한 적이 있어(언젠가 얘기해줄게). 그때 자파에 가 봤어. 우리 가족이 살던 집을 겨우 찾아냈지. 상상했던 것보다 훨씬 작았어. 생각했던 것보다 초라하기도 했고. 성은 아니었어. 청동으로 된 발코니가 있는, 돌로 만든 그냥 집이었어. 난 그걸 카메라에 담았지. 사람들이 내가 사진 찍는 걸 못 보도록 조심하면서. 잘못하다가는 스파이로 몰릴 수도 있으니까 말이야.

내가 그 사진들을 할머니께 보여 드렸더니 할머니의 두 눈에 눈물이 가득 고였어. 할머니는 날 꼭 껴안고는 이렇게 말씀하셨어. "나임, 넌 다른 사람과는 달라. 알라가 부디 네 생의 마지막 날까지 널 보호해 주시기를. 네가 너일 수 있는 힘을 주시기를." 그러고 얼마 뒤 할머니는 돌아가셨어. 우리는 할머니를 그 사진과 함께 묻었어.

그래, 탈. 이젠 안심해도 돼. 난 죽지 않았어. 다치지도 않았고. 단지 몹시 지쳐 있을 뿐이야.

안녕,

나임(아랍어로 '천국'이란 뜻이야).

보낸 사람: bakbouk@hotmail.com

받는 사람: Gazaman@free.com

제목: 수천 번 고마워!

첨부파일: Talgalil.jpg

나임에게(아! 이게 네 이름이구나, 네 이름!).

네 글을 읽고 또 읽어서 이젠 달달 외워. 네가 지쳐 있다고 하니까 뭉클해지면서도 슬펐어. 우리 엄마라면 이렇게 말했을 거야. 우울하고 지쳤을 땐 칼슘, 비타민, 올리고당을 섭취해야 한다고. 우리 엄마는 모든 문제엔 해결책이 있으며 중요한 건 그 해결책을 제대로 알고 실천해서 효과를 얻느냐 하는 거라고 생각해. 엄마의 그런 생각이 옳다면 좋겠지만 난 엄마가 틀렸다고 생각해. 모든 문제에 반드시 해결책이 있는 건 아닌 것 같거든.

네 글을 읽으면서 내가 얼마나 무력한지 절실히 느꼈어. 너는 네 나라에서, 나는 내 나라에서 평화롭게 살 수 있도록 하는 요술 주문을 알아낼 수 있다면 얼마나 좋을까! 잠잠하게 살 수 있도록 말이야. 그럴 수 있다면 모든 뉴스와 특보를 금지할 거야. "늘 켜져 있는 라디오와 텔레비전"이 뭔지 나도 잘 알거든. 윙윙거리기도 하고, 망치질해 대는 것 같기도 하고, 소리와 이미지들 속에 갇혀 있는 것 같기도 한.

아, 정말 요술 주문이 있다면, 그런 게 있다면 무슨 수를 써서라도 알아 낼 텐데! 하지만 내가 그렇게 순진하진 않거든. 내년이면 대학에 갈 나이 니까. 역사가 인정사정없다는 건 나도 알아. 역사는 조용하게 살고 싶은 사람들 생각은 눈곱만큼도 하지 않으며, 어떨 땐 지나가는 곳마다 모든 걸 부수면서 진행되지.

그러니 거창한 역사 얘기는 그만하기로 해. 오늘만은 말이야. 오늘 난 네가 네 이름을 알려 줘서, 날 믿어 줘서 고맙다는 얘길 하고 싶으니까. 내 가 탈이라는 이름을 갖고 있다는 걸 기억해 줘서 고마워. 그처럼 훌륭하 신 너희 할머니 얘기도 고마워. 다음에 내가 자파에 가게 되면 그곳에 있 는 집들을 다르게 보게 될 거야. 너희 할머니와 너를 생각하면서.

네가 대답하지 않았던 질문들을 다시 하고 싶어져. 몇 살이며 뭘 하는 지? 공부해? 일해? 이스라엘에서 일했다고? 어디서? 언제? 어땠어?

나도 네게 뭔가를 보낼까 해. 내 사진 한 장. 작년에 여행 갔다가 갈릴레 이에서 반 아이들과 찍은 사진이야. 배낭을 메고서 하루 종일 걸었던 날 이었어. 오데드라는 이름의 아주 재미있는 가이드가 있었는데 두 발짝 걷 고는 감탄해 대고, 꽃만 보면 무릎을 꿇고는 그 꽃이 인용된 성경 구절들 을 들려주는 거야. 고대 로마시대 때 일어났던 유대인들의 항거에 대해서 도 얘기해 줬는데 계속 이렇게 말하곤 했어. "여러분들이 얼마나 운이 좋 은지 아셔야 합니다. 여러분들은 그야말로 역사로 충만한 땅 위에 발을 올려놓고 있는 겁니다." 에프라트가 히죽거렸어. 왜냐하면 셜로미가 어떤 개미집 위에 발을 얹어 놓은 채로 있으면서 한참 동안 모르고 있었거든. 하여튼 내가 땀을 좀 흘린 날 찍은 사진이야. 저녁에 외출할 때처럼 잘 차려입거나 머리를 손질하지는 않았지만 진짜 나, 그러니까 보통 때 나의 모습이라고 할 수 있어. 그러니 네가 내 이름을 부를 때 이 얼굴을 생각해도 될 거야.

오늘 오후에 다큐멘터리를 위해 몇 군데를 물색했어. 극장에도 갔어. 내가 아주 좋아하는 곳이야. 거기선 원어로 된 옛날 영화들이나 최근 영화들 중 다른 데서는 볼 수 없는 것들을 상영해. 지난주에는 그레고리 펙과 오드리 헵번이 나오는 '로마의 휴일'을 봤어. 둘 다 얼마나 잘생겼던지! 오드리 헵번을 닮았으면 좋으련만. 너도 내 사진을 보면 알겠지만 난 오드리 헵번과 거리가 멀어. 영화는 공주와 기자 사이에 일어난 아름다운 사랑 얘기야. 공주는 며칠만이라도 평범한 삶을 살아 보고 싶어서 궁전을 도망쳤어. 공주가 마치 다른 행성에서 온 것처럼 행동하는 게 참 재미있어. 가게에서 돈을 내야 하는 것도 모르거든! 그런데 끝이 우울했어. 네게 얘기하지는 않을래. 너도 언젠가 그 영화를 보게 될지 모르니까. 그리고 나처럼 너도 예민한 사람들을 위해 시나리오가 영화를 해피엔드로 끝내주길 바랄지도 모르니까.

이런 내가 정말 애 같다고 리오르가 말했어. 행복하게 끝나는 영화는 초등학교 애들이나 맘 편한 할머니들, 순진하기만 한 사람들이나 좋아하는 거라나. 그래서 내가 이렇게 대꾸했지. 삶은, 특히나 이곳에서의 삶은 비극으로 끝나는 일이 많으니까 영화라도 행복한 결말이 가능하다는 걸 믿을 수 있도록 해 줘야 하고 좀 더 희망을 갖게 해 줘야 한다고.

그래, 그게 중요한 건 아니고…… 다시 극장 얘기로 돌아갈게. 그 극장은 레스토랑과 테라스가 있는, 아주 멋진 석조 건물이야. 술레이만 술탄의 옛 수영장이 있고, 올리브 나무들이 심어져 있는 작은 계곡이 옛 도시의 성벽과 다윗의 탑을 가르고 있어. 거기선 성곽의 지붕이 보여. 이쪽에서 보면 구도시는 자신감이 넘치는 듯 아주 장엄해서 자기 때문에 서로 싸워 대는 사람들과는 거리감이 있어. 난 잠시 생각해 봤어. 만일 예루살렘에 주민은 없고 돌로 만든 집들과 빛, 온화함과 향기만 있다면 어떨까하고. 그랬더니 현기증이 났어.

와, 나 좀 봐! 우리 아버지 못지않은걸? 예루살렘의 가이드가 되고도 남겠어. 적어도 너한테는 말이야.

내일은 수업이 없어(선생님들이 파업을 하거든). 할머니와 할아버지가 사시는 레하비아에 갈 거야. 거긴 예루살렘에 숨어 있는 또 하나의 천국이지.

오늘은 여기까지야. 네 소식을 애타게 기다릴게. 네가 내게 써 보낸 모든 것, 다시 한번 고마워. 아직도 우울하고 지쳐 있다면 내가 하는 식으로 이렇게 해 봐. 좋아하는 음악을 틀고 침대에 누워서 두 눈 감기. 비타민 B보다 더 효과가 좋거든!

또 봐,

탈.

나임

그 애는 자신도 알아차리지 못한 채 계속 공격적으로 나온다. 그 애는 나를 아프게 하는가 하면 달래기도 한다. 나는 한 가닥 실 위에서 기우뚱거리면서 겨우 중심을 잡고 있다. 오른편에는 빛, 왼편에는 캄캄하고 불투명하며 희망 없는 어둠. 화면에 그 애가 보낸 메일이 보이자 내 심장이 뇌 속에서 뛰는 것 같았다. 벌써 이 지경이라니! 이럴 순 없다. 뇌 속에서 심장이 뛸 수는 없는 거잖아. 그런데 왜 뭔가가 내 두개골 속에서 울렸던 것일까?

사실 그게 뭔지는 잘 알고 있지만 그것에 대해 쓰고 싶지는 않다. 가끔은 쓰는 것보다 생각이 너무 빨리 앞서 나가서 따라잡기 힘들 때가 있다. 조금 전엔 이런 생각이 들었다. '그 애를 보고 싶다. 바로 앞에서. 뼈와 살을 가진 모습으로.' 그러고는 즉시 이런 생각이 또 들었다. '너 도대체 무슨 생각을 하고 있는 거야? 사랑에 빠지고 있다고 생각하는 거야? 하지만 네가 지워 버릴 수 없는 건 걔가 아니라 다른 사람에 대한 추억이라고!'

그 애는 내가 써 보낸 것들에 대한 보상으로 내게 사진을 보냈다. 첨부파일이 열리길 기다리던 그 짧은 시간, 단 몇 초 동안에 수많은 생각이 스쳤다. 그 애가 못생겼기를 바랐던 기억이 떠올랐다. 그런데 정말 그러면 어쩌나 하는 생각도 들었다. 퉁퉁 부은 얼굴에 푹 들어가 있는 두 눈을 가진 소녀가 나타나면 어쩌나 하고 두려웠다가, 다시 그 애가 너무 아름답고 완벽하면 어쩌나 싶어 또 두려워졌다. 기적이 일어났다. 그 애는 그냥 예쁘장했다. 나쁘지 않았다. 그러니까…… 별로 신경 쓰지 않고 지나칠 수 있을 정도? 하지만 그 애가 웃기라도 하면 그땐 꼼짝할 수 없을 것 같았다. 사진 속의 그 애는 아주 밝게 웃고 있었다. 아주 건강한 사람이 그러듯, 행복에 겨운 사람이 그러듯이. 머리를 한쪽으로 약간 기울인 채 조금은 까다로워 보이면서도 화사한 얼굴로. 짙은 갈색의 길고 부드러운 머릿결에 녹갈색 눈동자, 깨끗한 피부에 주근깨 약간. 똑바로 앞을 보고 있는 그 애. 난 혼미해졌다. 그 애가 나를 똑바로 바라보고 있는 것만 같았다. 그래서 이 사진을 골랐는지도 모른다. 그 애의 얼굴을 내 기억

속에 잘 담아 두기 위해 나도 몇 초 동안 그 애를 똑바로 쳐다봤다. 그런 뒤에 '삭제'를 눌렀다. 내 속의 뭔가를 도려내는 듯했지만 다른 도리가 없었다. PC방에서 내 옆에 앉아 있던 소년이 이상하다는 듯 나를 쳐다봤다. 난 누가 그렇게 날 쳐다보는 걸 좋아하지 않는다. 메일함을 급히 닫아 버리고는 검색 사이트에서 '오드리 헵번'을 두드려 봤다. 와…… 고양이 같은 눈과 갈색 애교머리를 한, 화면 속의 여인은 정말 아름다웠다. 그렇지만 그 여인이 나를, 특별히 나를 보며 웃고 있다고 느껴지지는 않았다.

 옆자리 소년은 미간을 찌푸리고서 험악한 눈길로 계속 나를 쳐다보고 있었다. 나는 아무 일도 없었던 것처럼 곧 알자지라 사이트로 이동했다. 온통 아랍어뿐이니 아무런 의심도 받지 않을 테니까. 난 알자지라 사이트에서 15분 정도 머물면서 이라크 전쟁, 사우디아라비아에서 발생한 테러, 요르단 왕가의 자녀들에 대한 정보들을 읽었다. '읽었다'고 했지만 실은 제목들만 힐끗 보며 기계적으로 마우스를 눌러 댔다. 그러면서 예루살렘의 극장을 생각했고, 학교에서 수학여행도 가니 그 애는 참 좋겠다는 생각을 했다. PC방을 나오기 전에는 테트리스를 했다. 내 머릿속을 비워 내는 게임. 블록이 떨어지면 넘쳐나지 않도록 꽉꽉 잘 채워야 한다. 그러면 메워진 줄은 사라지고 새로운 블록들이 그 자리를 차지하는 것이다.

다시는 PC방에 가지 않겠다고 다짐했다. 너무 위험하다. 특히 요즘엔. 증오가 평소보다 더 뜨겁다. 내가 어떤 이스라엘 소녀를 헐뜯지도 않고 위협하지도 않으며 마치 친구처럼 여기면서 이렇게 편지를 주고받는 걸 사람들이 알게 된다면, 나는 물론이고 우리 가족까지도 위험에 처하게 될지 모른다. 다른 방법을 찾아야겠다.

아버지는 병원에서 기진맥진하여 돌아오셨다. 시간도 아랑곳하지 않고 열 사람 몫의 일을 하시는 아버지의 눈은 벌겋게 충혈되어 있었다. 아버지가 안락의자에 주저앉으며 말했다. "내가 병원에서 암 환자나 심장병 환자, 다리가 부러진 사람만 돌보게 되는 날이 온다면 우리에게 정상적인 나라가 있다는 날이 될 거야. 벌써 3년째 총에 맞거나 미사일 파편에 다친 사람들만 돌보고 있으니, 이거 원. 처음 간호사가 되려고 했을 때만 해도 사람들의 끔찍한 고통을 덜어 줄 수 있을 거라고 생각했는데. 그러니까 사람 때문에 다쳐서 생기는 고통이 아니라 병이나 신체적 이상 때문에 생기는 고통 말이야. 도대체 누가 이 상황을 멎게 할 수 있을지. 도대체 언제……."

아버지에게 탈과 그 애의 가족 이야기를 하고 싶었다. 저쪽에도 이 전쟁으로 지쳐 있는 사람들이 있다는 걸, 증오를 품지 않은 사람들도 있다는 걸 말하고 싶었다. 하지만 그럴 엄두가 나지 않았다. 아버지와 나는 충분히 애기를 나눈 적이 없었다. 근 몇 년 동안 아버지는 집에 잘 있지도 않았고, 병원에서는 아무 때고 일하러 나오라고 호출했다. 하긴 우리 집에선 서로 대화를 나누는 일이 거의 없다. 내가 태어나고 난 뒤 엄마는 아이를 더 가질 수 없게 되어 버렸다. 저주를 받았다고, 뭔가 나쁜 기운이 우리 집에 깃들어 있다고 생각하는 친척들이 여럿 있었다. 친척들은 나쁜 기운을 쫓을 수 있는 방법이 있다며 엄마에게 알려 주기도 하고, 엄마를 무당에게 데려가려고도 했다. 하지만 소용없었다. 아버지한테 다른 여자를 들이라고 한 사람도 있었다. 그렇지만 아버지는 거절했다. 학교에서 아이들은 외동아들인 나를 신기하다는 듯 바라봤다. 보통 애들에게는 적어도 여덟 명, 많으면 열 명에서 열두 명이나 되는 형제들이 있었다. 아이들은 내가 혼자이고 나만의 방이 있다는 걸 믿지 못했다. 모두들 내 방에 직접 와서 사면의 벽과 내 침대, 책상과 물건들을 직접 두 눈으로 확인하고 싶어 했다. 찾아오는 애들한테서 입장료를 받을까 하는 생각을 한 적도 있었다. 그러면 난 아주 빨리 부자가 될 수도 있을 테니까. 하지만 그럴 수는 없었다.

난 엄마가 나 때문에 더 이상 아이를 갖지 못하게 되어서 그 자리를 다른 아이들로 채우기 위해 선생님이 된 거라고 생각해 왔다.

왜 나 때문이냐고?

내가 태어나면서 엄마의 모든 힘을 앗아 간 것 같았으니까. 엄마는 늘 지친 얼굴을 하고 있다. 우리 엄마. 아름다우면서도 지쳐 있는. 하기는 이곳의 삶이 힘들기 때문인지도 모른다. 여기서 살아가는 사람들은 아무것도 예측할 수가 없으니까. 어른이라도 말이다. 내일 일하러 갈 수 있을지, 제때에 식사를 할 수 있을지, 폭발음이나 머리 위에서 들리는 헬리콥터 소리 없이 잠들 수 있을지 여기 사람들은 알 수가 없다. 전기가 끊어질지, 거리가 봉쇄될지, 사촌 루브나의 결혼식에 참석하러 라파에 갈 수 있을지 어떨지도 모른다. (여기서 라파는 멀지도 않다. 고작 15~20킬로미터. 하지만 이스라엘인들이 맘만 먹었다 하면 우리가 그 20킬로미터를 가는 데는 여섯 시간이나 걸리게 된다. 이스라엘인들은 곧잘 그리곤 한다. 그들은 시간의 주인인 것이다.) 내일 살아 있을지 어떨지조차 사람들은 알 수가 없다.

그 애를 생각하지 않은 지 거의 20분이 흘렀다. 좀 더 연습하면 30분도 해낼 수 있을 것이다.

이젠 모든 걸 없애야 하는 시간이다. 이 종이들을 가루가 될 만큼 갈기갈기 찢어서 변기에다 버려야겠다.

모든 걸 얘기할 순 없어

보낸 사람: Gazaman@free.com

받는 사람: bakbouk@hotmail.com

제목: 아, 안 돼!

네가 무사한지 알려 줘. 답장을 해 줄 수 있다면 말이야.

오늘 아침에 나는 칸 유네스에 있는 아메드 삼촌 집에 있었어. 기쁨의 함성, 박수 소리, 춤추는 사람들이 있었지. 알쿠드*에서 공격! 또 성공한 거야! (하마스나 지하드 사람들, 아니면 엘악사의 순교 대원들이겠지.) 버스 한

*예루살렘의 아랍어 이름

대 폭파! 누군가 텔레비전을 켜서 CNN을 틀었지. 버스의 잔해, 구급차들, 늘 그렇듯 거길 부산하게 둘러싼 사람들. 레하비아에 있는 총리 청사에서 그리 멀지 않은 곳에서 폭발이 일어났다고 기자가 말했어.

　너, 오늘 아침에 거기에 갈 거라고 했잖아. 난처한 일이잖아. 그러니까 내 말은 너한테 무슨 일이 생기기라도 했다면 내가 난처하다는 얘기야. 너 말고 다른 사람들은…… 내가 모르는 사람들은 살았건 죽었건 상관없어.

　네게 무슨 말을 해야 할지 모르겠어. 답장 기다릴게.

나임.

보낸 사람: Gazaman@tree.com
받는 사람: bakbouk@hotmail.com
제목: 없음

걱정하고 있어. 답장이 없으니. 벌써 이틀이나 됐는데. 넌 항상 빨리 답장을 보냈는데……. 그러니 분명히 무슨 일이 일어난 게 틀림없어.

　심각한 일이 아니길.

나임.

보낸 사람: Gazaman@free.com
받는 사람: bakbouk@hotmail.com
제목: 휴……

안녕, 탈.

적어도 네가 죽지 않았다는 건 알아. 네가 그랬던 것처럼, 나도 반짝하는 생각이 들어서 이스라엘 사이트에 접속해 봤어. 희생자 명단과 장례식 시간을 볼 수 있었지. 그걸 네 번이나 읽었어. 가족들이 낙천적인 사람이었다고 말하던 39세의 여자, 캐나다 출신의 사회복지사, 컴퓨터를 전공한 프랑스 출신 남학생, 삶과 사람들을 좋아했던 38세의 러시아 출신 여자, 23세의 여학생, 착한 사람, 괜찮은 남자, 좋은 남편이었다는 루마니아 출신의 42세 남자, 사람들이 별다른 토를 달지 않았던 53세의 러시아 출신 여자, 왕년에 유도 챔피언이었던 그루지야 출신의 남자, 결혼한 지 1년 된 24세의 여자, 불법 노동자였던 에티오피아 출신 여자, 임신인지 확인하러 병원에 가는 아내를 바래다주었던 48세의 남자. 거기 어디에도 탈 레빈이라는 이름은 없었어. (그럴 리는 없겠지만, 네가 이름을 거짓으로 알려 줬던 게 아니라면 말이야.) 하긴 이름을 알 수 없는 부상자들도 여럿 있긴 했어. 중상이거나 위급한 환자가 열세 명, 가볍거나 중간 정도의 부상자 서른일곱 명. 버스가 폭발한 장소에서 10미터 떨어져 있는 약국 약사의 목격담도 그 사이트에서 들을 수 있었어. 그가 말했어. 잔혹하고 끔찍했으며 온통 피투성이였다고……. 그래, 네가 그런 상황을 상세히 알기 위해 내 도움이 필요하진 않겠지. 하지만 이스라엘 사이트에 가 보고, 폭발에 관한 글이라면 모조리 읽어 보고, 어딘가 네 얼굴이 있나 해서 사진들을 확대해 보는 것 말고 내가 할 수 있는 게 뭔지 모르겠어.

왜 편지를 쓰지 않는 거야, 어? 왜 컴퓨터 앞으로 달려들지 않는 거야? 나, 나도 너를 걱정할 수 있다는 걸 왜 생각하지 않느냐고! 별별 생각이 다 들고, 거의 최악의 상황들만 떠올리게 돼. 혹시 너와 가까운 사람이 죽거나 심하게 다친 건 아닐까. 그래서 네가 날 죽도록 원망하고 있는 건 아닐까. 아무 짓도 하지 않은 나를. '팔레스타인 사람들'이라는 이름 아래 늘 집단적으로 유죄가 되는 우리들을. 하지만 난 그 일과 아무런 상관도 없다고! 우리 아버지도, 우리 엄마도, 야신의 아비지인 우리 삼촌조차도 말이야. 우리 삼촌이 너희 쪽 사람들이 죽었다고 해서 울 사람은 전혀 아니지만, 그 버스를 폭파시키려고 폭탄을 품고서 뛰어들진 않았다고! 게다가 지난주에 우리 쪽 사람들도 죽었잖아. 어쩌면 내일 또 사망자들이 생길지도 모르지. 그다음 주에도. 그러니 어쩌란 말이야? 누가 가장 많이 고통 받고 누가 가장 많이 우는지 결과를 보기 위해 경진대회라도 할까? 점수라도 매겨 볼까? 그래, 계산기 준비하고서 최근 3년 동안 언론에 보도된 '이-팔 대립 대차대조표'를 펼쳐 들어. 가벼운 부상은 10점, 중간 정도는 20점. 중상은 30점. 위급한 상태는 50점. 그러면 사망은? 아하, 한 사람 사망에…… 빙고! 잭팟! 백점!

내가 또 화를 냈군. 가속 페달을 제대로 다루지 못하면 곧잘 이렇게 되어 버리거든. 그러다 갑자기 멈춰서는 내가 내 얼굴을 한 대 갈기지. 미안해. 아니, 너 좋을 대로 생각해. 난 그냥 네 소식을 모르는 게 견디기 힘들 뿐이야. 사실은 이제야 나를 지켜보는 주위 시선을 겁내지 않고 인터넷을 할 수 있게 되었거든.

그래, 네게 말 안 했지만 정말이야. 네게 편지를 썼던 PC방에서 나한테 뭔가 냄새가 난다고 느끼기 시작한 것 같았어. 그런데 기가 막힌 아이디어가 떠올랐지. 우리 집 아래층에 있는 NGO 사무실로 갔어. 영국과 이탈리아에서 온 단체인데, 병원에서 심리치료를 담당하고 있어서 우리 아버지를 잘 알고 있거든. 그들에게 차근차근 정중하게 설명했지. 인터넷을 써야 하는데 PC방에는 가고 싶지 않다고. 그들은 웃으면서 이렇게 대답했어. "OK, OK. 물론이야. 여기 와도 돼." 그들은 다 이해한다는 식의 눈짓을 잔뜩 지어 보였어. 이런 식으로 말이지. "그럼! 우리도 젊을 때가 있었다고. 네가 포르노 사이트 보고 싶은 거 다 이해해!" 이마 위로 선글라스를 올린 채 XXL 사이즈의 웃음을 짓는 그들의 모습이 마치 외계인 같았지만, 그건 그리 중요하지 않으니까 상관없어. 중요한 건 내가 원할 때는 언제든 와도 되고, 맥주가 가득 들어 있는 그들의 냉장고를 써도 된다고 했다는 거니까. 만일 언젠가 이 지역의 모든 것이 없어진다면 모르긴 해도 그들은 굶어 죽을망정 목말라 죽진 않을 거야.

컴퓨터 앞에 혼자 있을 수 있디는 게 정말 좋아. 자유롭게 느껴져. 자유롭게, 자유롭게. 마치 누군가 나만을 위해 1평방 킬로미터의 하늘을 선사한 것처럼 말이야.

이젠 네게 글을 쓰고 네 글을 읽기 위해 계단만 내려오면 되는 거야. 그러니 제발 내 부탁을 들어줘. 살아 있어 줘. 무사해 줘. 네 모니터 앞으로 와 줘.

나임.

보낸 사람: bakbouk@hotmall.com
받는 사람: Gazaman@free.com
제목: 모든 걸 얘기할 순 없어

나임에게

정말 미안해. 널 걱정시켜서 미안하고, 이런 모든 일들이 일어나서 유감이야.

불행하고, 마비되고, 텅 빈…… 이게 바로 지금 나야. 적절한 단어가 없어. 찾을 수가 없어. 네게 글을 쓰려는데 슬프게도 말이 잘 떠오르지 않아. 그래도 써 보도록 할게. 그러니 만일 내가 횡설수설하더라도 이해해 줘. 용서해 줘, 만일······.

쓸 수가 없어. 그런데도 내가 얘길 나누고 싶은 사람은 누구보다도 너야. 왜냐하면 마침내 내가 3일 만에 처음으로 울 수 있었던 게 바로 네 편지를 읽으면서였으니까. 말을 못 하게 하고 눈을 못 뜨게 하고 눈을 감는 것도 방해하면서 나를 고문하고 있는 어떤 막, 이마 속에 있는 그 단단한 막 때문에 눈물이 꽉 막혀 있을 때 흐느껴 우는 게 얼마나 도움이 되는지 넌 모를 거야.

네 덕분에 난 울 수 있었어. 고마워, 나임. 네가 "화났다"고 쓴 구절까지도 네 말대로 날 한결 낫게 만들었어. 왜 그런지 설명할 수는 없지만 말이야.

네 짐작이 맞았어. 나 거기에 있었어. 사흘 전 아침 9시, 19번 버스가 폭파되었을 때. 너도 그 거리 이름을 물론 알고 있을 테지. 가자 거리······ 예루살렘에서 가장 아름다운 레하비아에 있는.

난 아빠 카메라를 들고 거기에 있었어. 맑았지만 쌀쌀한 날이었어. 난 아침 무렵의 분주한 거리를 촬영한 다음, 그 왼편에 우리 할아버지 집이 있는, 늘 조용한 라닥 거리를 찍으려고 했어.

난 걸으면서 촬영을 하고 있었어. 그러다 급하게 지나가던 한 남자와 부딪혔는데, 그 사람이 내게 고함을 질렀어. "에이! 똑바로 좀 보고 다닐 수 없어?"

그 장면은 지워 버려야겠다고 생각했지. 바쁜 남자의 모습 따윈 내 작업에 필요 없었으니까.

마치 카리브의 한적한 해변에 있는 듯 거리 저편에서 햇볕을 쬐고 있는 통통한 고양이에게 줌렌즈의 초점을 맞추려 했어.

그때 버스 한 대가 내 시야에 들어왔어.

그러고는 내 시야 속에 영원히 박혀 버렸어.

쓸 수가 없어. 그다음, 또 그다음에 잇달아 일어난 일들을 쓸 수가 없어.

할 수가 없어. 할 수가 없어. 할 수가 없다고. 단어들은 아무런 의미도 없어.

끔찍했냐고? 끔찍한 것 이상이었지. 소름 끼쳤냐고? 소름 끼치는 것 이상이었어. 악몽 같았냐고?

지옥 같았어. 보이지 않는 곳에서 불쑥 튀어나와 거리 한가운데로 쏟아진 지옥.

난 넘어졌어. 카메라도 나와 같이 넘어졌지. 이런 생각을 헸던 기억이나. "안 돼, 안 돼. 아빠 건데, 아빠가 날 믿고 빌려줬는데, 부서지면 안 되는데!"

그런 뒤…… 아냐, 말이 나오지 않아. 심장박동이 빨라지고 있어. 그러면 안 되는데. 병원에서 안정제인지 진정제인지 수면제인지, 하여튼 내가 평정을 찾는 데 당분간 필요할 거라면서 약을 줬어. 하지만 난 그걸 삼키고 싶지 않아. 바로 그래서도 너무 흥분하지 말고 잠잠히 침착하게 있어야만 해. 그렇지 않으면 그것들을 삼키라고 엄마가 닦달할 테니까.

오늘은 이만 쓸게. 미안해. 내 얘기만 했네. 미안해. 내가 무사하고, 다치지 않았고, 긁힌 자국조차 없이 온전하다는 얘기도 하지 못했네.

또 봐, 나임.

탈.

산산조각 나다

난 당분간 내가 아니었으면 좋겠다. 내 기억에서 벗어나고 싶다.

나는 넉 달 전부터 글을 쓰기 시작했다. 힐렐 카페에서 폭발이 일어난 직후에 난 죽음이 길을 가다가 우리를 한 번 스쳐 지나면서 다른 데로 향한 거라고 생각했다.

하지만 확률이나 통계 같은 것들은 수학이나 생물학에서 써먹는 것이고 종이에 쓰여 있는 숫자일 뿐이다. 실제로 넉 달 사이에 두 번씩이나 테러가 일어난 장소에 있게 될 확률, '30만분의 1'이라는 희박한 가능성의 불운이 나를 지나쳐 갔다는 걸 아는 게 무슨 의미가 있을까?

죽음이 또 나를 스쳐 지나갔다. 이번에는 더 가까이에서. 나를 들어 올려 바닥에 내팽개친 죽음의 뜨거운 입김을 느꼈다. (죽음의 입김은 차갑다고들 하지만 가자 거리에선 그렇지 않았다. 그건 뜨거웠다. 공기가 너무 차가워서 그랬는지 몰라도 내겐 델 듯이 뜨겁게 느껴졌다.)

아빠의 카메라는 망가져 버렸다.

하지만 카메라 안에 있던 테이프는 나처럼 무사했다.

난 그 테이프를 보고 싶지 않았다. 에프라트와 리오르는 그 테이프를 방송국에 제공하면 좋을 거라고 말했다. 폭발 장면을 생중계로 촬영한 건 나뿐이었을 거라면서.

난 대답하지 않았다.

그런 멍청한 생각을 내가 싫어한다는 걸 알아차린 에프라트가 말했다.

"탈, 우리가 너한테 돈이나 벌라고 그런 말을 한 게 아니라는 거 너도 알잖아. 그래, 나도 알아. 네가 다른 사람들의 불행으로 뭔가를 얻고 싶어 하지 않는다는 거. 그렇지만 네가 촬영한 거, 그건 중요한 정보잖아."

리오르도 말했다.

"그래, 그것도 생중계로 된 정보. 네가 그 테이프를 뉴스 에이전트에라도 넘긴다면 전 세계에 알려질 테니 그건 정말 중요한 거야."

나는 리오르에게 조금 쌀쌀맞게 물었다.

"왜 그게 '정말 중요한' 건데?"

"왜냐하면 전 세계가 그걸 보게 되면 우리가 여기서 어떻게 살아가는지, 테러가 뭔지 알게 될 테니까."

"그러니까 너, 리오르 사데, 아직 성인도 되지 않은 예루살렘의 일개 시민인 네가 테러가 뭔 줄은 알고 있기나 해? 응? 네가 테러로 죽어 봤어? 테러로 다쳐 봤어? 가까이서 테러를 본 적이나 있어? 텔레비전만 켜면 보이니까 다 안다고 생각하는 거야? 하지만 리오르, 텔레비전은 네가 냄새를 맡을 수 있게 하지도, 폭발이 일어나는 그 찰나의 침묵을 들려주지도, 그러다 모두들 벌벌 기고 아연실색하는 그 순간을 보여 주지도 못한다고! 고함, 그리고 한탄과 통곡, 신음까지…… 모두 아이들처럼 울어 대. 나이가 오십 줄이 된 사람들까지도! 텔레비전은 네게 그런 것들을 보여 주지는 않아. 아직은 온전하고 건강하게 살아 있는 방송국 리포터들이 카메라와 마이크를 들고서 '테러 현장'에 나가지 않았으니까. 아무도 알 수 없는 거야. 아침에 출근하러 나간 사람들이 죽음의 입장권을 사고서 그걸 확인까지 받고는 오후에 묻히게 될 거라는 걸. 그래서 그 가족들이 입장료를 환불 받을 수 있을 거라고 생각해? 제기랄, 리오르! 너마저도 이 모든 걸 이해하지 못하는데 어떻게 세계가 이 지옥을 조금이라도 이해해 주길 바랄 수 있겠어? 세계가 안다고 해서, 본다고 해서, 이해한다고 해서 우리에게 무슨 변화가 생길 것 같아? 여기나 가자에서 이미 일어나 버린 일에는, 내일 일어날지도 모르는 일에는 아무런 변화도 없는데."

리오르는 당황하는 기색이었다. 화가 난 것도 같았다. 하지만 내겐 단 한 가지 욕구만이 일고 있었다. 리오르를 공격하고, 상처 입히고, 할퀴어 대려는 것. 저토록 아름다운 담갈색 눈동자와 부드럽고 곱슬 곱슬한 머릿결, 드럼을 치긴 하지만 마치 피아니스트처럼 아름다운 손을 가진 내 사랑하는 리오르를 아프게 하는 것. 갑자기 보기 싫어져 버린 내 사랑을 아프게 하는 것.

이마, 코, 입술이 아팠다. 정면으로 바닥에 넘어진 것도 아니었는데. 마치 내 얼굴의 한 부분이 일그러져서 이제는 웃거나 하는 표정을 지을 수 없게 되어 버린 것 같았다.

리오르가 눈썹을 찡그렸다.

"너, 왜 가자 얘길 하는 거야?"

"내가 가자 얘길 했어? 내가?"

"그래, 네가 그랬잖아. 여기나 가자에서 일어나 버린 일이라고."

"어, 그래? 그러니까…… 매일 사람들이 죽잖아. 거기서도 여기서도 멈추지 않잖아. 게다가 에탄 오빠가 가자에서 복무하고 있다는 거 잊었어? 오빠가 어떻게 될까 봐 난 항상 두렵다는 거."

리오르는 납득한 것 같지는 않았지만 아무 말도 하지 않았다. 에프라트는 뭔가 지나쳤다고 느꼈는지 내 팔을 잡으면서 말했다.

"나 가 봐야 해, 탈. 오늘은 내가 동생을 데려와야 하거든. 내일 전화하자, 응?"

난 고개를 끄덕였다. 말을 하고 싶지는 않았지만 에프라트에게 웃음을 지어 보이려 애썼다. 그게 우정이니까. 나흘 전부터 에프라트는 하루 종일, 밤늦게 잠들기 전까지도 나를 걱정하며 괜찮은지 물었다. 그리고 오늘은 나를 위해 신문과 책 몇 권, 노라 존스의 최근 앨범과 재스민 향이 나는 초를 가지고서 찾아온 것이었다.

"우리 할머니가 보내신 거야. 재스민은 심장박동을 가라앉히고 악몽을 쫓는대."

난 에프라트를 붙들고 꼭 안았다. 에프라트도 두 팔로 나를 꼭 껴안았는데, 에프라트의 눈에 눈물이 고여 있다는 걸 난 느낄 수 있었다. 보지 않고도 이렇게 알 수 있었는지는 모르겠다. 아마 나도 눈과 코가 찡했기 때문일지도. 내 방에서 나간 에프라트가 복도에서 엄마랑 소곤대는 소리가 들렸다.

리오르는 나를 뚫어져라 쳐다봤다. 난 리오르와 눈을 맞추고 싶지 않았고, 리오르가 하는 말도 듣고 싶지 않았다. 그리고 내 목소리는 더욱 듣고 싶지 않았다. 난 눈을 감았다. 리오르가 내 침대에 걸터앉

앉다. 그러고는 한 손은 내 오른손 위에 얹고, 다른 한 손으로는 내 머리를 쓰다듬다가 부드럽게 관자놀이를 지나 내 볼에 갖다 대었다. 손가락을 움직이지도 않는 그의 손은 마치 내 얼굴에 박혀 있는 부드러운 조가비 같았다. 감겨 있던 내 눈에서 한 방울 한 방울 눈물이 흘렀다. 아주 작은 폭포가 넘쳐서 그의 손가락으로 흘렀다. 리오르가 눈물을 살며시 닦아 주었다. 마치 그 눈물에 애정을 가진 듯, 눈물을 다치지 않게 하면서 그저 없애기만 하려는 듯.

난 울었다. 오랫동안. 리오르는 내가 늘 "나의 은신처"라고 불렀던, 그의 목 언저리에 내 머리를 가져다 댔다. 나는 나 때문에, 또 리오르 때문에 울었다. 그에 대한 사랑도, 그의 두 팔에 안겨 있는 행복도 이전처럼 느끼지 못하는 나 자신 때문에. 아무것도 되돌려주지 않으면서 그처럼 많은 온화함을 마냥 받기만 하는 것은 배신이 아닌지 내게 묻기라도 하는 듯, 그가 내게 주고 있는 사랑으로 나는 울었다. 이렇게 텅 빈, 살아 있지만 텅 빈 달걀 껍질처럼 내가 연약하며, 움푹 파여 있는 것만 같아 울었다. 내 속의 균열 때문에 현기증과 구역질이 났다. 그러는 동안 리오르는 아무 말도 없이 내 머리를 계속 쓰다듬고 있었다. 침묵하는 사람, 침묵 속에서도 부드러움을 자아내는 남자는 참 아름답다.

아까 리오르를 공격해 댔던 게 떠올라 부끄러웠다. 정말이지 부끄러워졌다. 하지만 미안하다고 말할 수가 없었다. 무슨 말도 할 수가 없었다. 목구멍에서 경련이 일어났고, 난 그의 두 팔에 안겨서는 움직이지 않고 가만있었다. 그에게 사랑의 말 한 마디 하지 못한 채, 감사의 표시 하나 하지 못한 채.

리오르는 내가 잠들 때까지—사실은 내가 잠들었다고 그가 생각한 것이지만—그렇게 있어 주었다. 그러고는 아주 조심조심 몸을 빼서 내 팔을 베개 위에 얹고는 내 이마에 뽀뽀를 한 뒤 발끝으로 조용히 걸어 방에서 나갔다.

몇 분 후 엄마가 들어왔다. 엄마는 커튼을 치고 나서 잠시 내 침대 발치에 서 있었다. 그러고는 한숨을 쉬었다. (슬픔의 한숨? 아니면 안도의?)

잠시 후 나는 정말 잠이 들어 버렸다.

1월 29일 저녁, 병원에서 돌아온 뒤로 나는 단 한 번도 집 밖에 나가지 않았다. 현기증이 일어 걷기가 힘들었다. 그냥 침대에 머물고 싶었다. 사람들은 내가 아직 충격에 빠져 있는 거라고, 차츰 나아질 것이고 테러를 목격한 사람들은 원래 그런 거라고 말했다.

나는 폭발이 일어난 시간에 멈춰 버린 시계다. 심장은 계속해서 뛰고 있지만 뇌는 반응을 하지 않는다.

나는 울기도 하고, 텅 빈 곳을 멍하니 바라보기도 하고, 아무에게도 얘기할 수 없는 것들을 보기도 한다.

나임을 생각한다. 지쳤다고 말하던 그를 이해할 수 있다. 나도 진이 다 빠져 버렸으니까.

나임은 내 걱정을 했다. 얼마 전에 내가 그를 걱정했던 것처럼. 하지만 나임은 나만 걱정했고, 다른 사람은 무슨 상관이냐고 했다. 다른 사람들처럼 나임도 이 테러를 야만적이고 끔찍하며 용서받을 수 없는 일이라고 생각한다면 참 좋으련만. 공유할 수 없는 고통이 있다는 걸 깨닫기 시작한다. 슬픈 일이긴 하지만 어쩔 수 없다.

내 말에도 어폐가 있다. 나도 그만을 걱정했으니까. 파괴의 장면들을 텔레비전으로 보면서 그 모든 사람들에게 연민을 느끼긴 했지만 나도 그저 나임만을 걱정하지 않았던가. 하지만 그건 아주 오래된 일이다.

그건 내 두 눈이 결코 봐서는 안 되는 것을 보았던 1월 29일 이전의 일이다.

가자에는 다람쥐들이 살지 않는다

보낸 사람: Gazaman@free.com

받는 사람: bakbouk@hotmail.com

제목: 내가 뭘 알겠어? 이 칸막이를 누가 만들었냐고!?

잘 자, 탈.

보면 알겠지만, 나 지금 아주 늦은 시간에 글을 쓰고 있어. 새벽 2시야.
윌리와 파올로가 자러 가면서 사무실 열쇠를 주고 갔거든. 윌리와 파올
로는 지난번에 내가 놀려 댔던, NGO에서 일하는 그 사람들이야. 내가 그
들을 잘못 파악했던 거였어. 머릿속에 든 것도 없이 선글라스 끼고 다니

는 광대들이 아니었어. 참 좋은 사람들이야. 오늘 오후에는 나보고 함께 산책이나 하자고 하더군. 우리는 옛날 기차역으로 갔어. 1948년 이전까지만 해도 카이로와 하이파를 잇는 기차가 다녔던 곳이지. 검문소 앞에서 몇 시간이고 줄을 서지 않고도 이 지역을 자유롭게 오갔던 시절이 있었다는 걸 상상하기가 힘들었어. 어쨌든 이제 역에는 기차가 없고 시장이 하나 들어서 있어. 파올로가 여자 친구를 위해 옷을 하나 사려고 했어. 그는 웃으면서 전통적인 팔레스타인 옷을 달라고 했어. 난 좀 놀랐지. '로마에서 살면서 예쁜 옷들을 맘껏 살 수 있는 여자가 왜 우리식 옷을 입으려할까' 하는 생각이 들었거든. 그는 은빛 실로 수를 놓은 빨간 젤라바를 골랐어. 내가 거기에 있었기에 망정이지. 상인이 그 옷은 천 년이나 전해져온 전통 기법을 이용해 손으로 만든 거라면서 100달러를 달라고 바가지를 씌웠거든. 그래서 내가 그랬지. 옷을 보니 바늘땀이 일률적이고 너무고른데 이게 기계로 박은 게 아니라면 알라가 나를 당장 당나귀로 바꿔도 좋다고 말이야. 상인이 앙심을 품은 눈으로 나를 보면서 말하더군. "네가나서긴 왜 나서! 네 일도 아니면서. 내겐 먹여 살려야 하는 가족이 있다고. 게다가 네 외국인 친구들에게 100달러는 아무것도 아닐 텐데."

파올로가 자신이 흥정해 보겠다고 하더군. 그는 60달러를 내겠다면서 그 옷에다가 사촌 여동생에게 선물할 하늘색 젤라바와 남자 사촌들에게 줄 케피예 세 개를 더해서 달라고 했지. 그러면서 내게 이렇게 말했어. "유럽에서도 케피예는 어디서든 구할 수 있지만 이건 진짜, 말하자면 원조잖아. 그러니 사촌들도 분명 좋아할 거야."

상인은 안 된다면서 한 5~10분 정도 버티는 척했지만 단번에 60달러를 받아 챙겨서인지 아주 흡족해했어. 그 상인에게 그런 일은 보름달이 훤한 사막에 눈 내리는 날에나 생길 수 있는 일일 테니까. 다시 말해서 그런 일은 절대로 일어나지 않는다는 얘기지.

그런 뒤에 우리는 오마르 알무크타르 대로로 들어서서 리말까지 걸었어. 리말은 네가 보낸 병을 발견한 곳에서 그리 멀지 않은 해변가에 있는 멋진 곳이야. (탈, 이곳의 이름이 네겐 별다른 의미가 없다는 거 알아. 하지만 여기에도 거리, 대로, 구역, 사람들에게 이름이 있다는 걸 네가 알았으면 해서. 여긴 단지 '가자 지구'만은 아니거든.) 꽤 늦은 시간이었어. 파올로와 윌리가 레스토랑에 가자고 했어. 그곳의 레스토랑들은 아주 비싸기 때문에 난 좀 당황했지. 내 주머니에 있던 돈으로는 소다수 한 모금이나 마실까 했으니 내가 얼마나 가난한 놈으로 보이겠어. (사실이 그렇긴 하지만 그래도 그게 소문까지 나는 건 바라지 않으니까.) 나는 다른 일이 있어서 집에 가봐야 한다고 대답했어.

윌리가 말했어. "어, 널 초대하는 거라고. 오늘이 내 생일인데 차는 마실 줄 모르고 커피만 마시는 이탈리아 수다쟁이하고만 머릴 맞대고 앉아서 보내고 싶진 않거든." 파올로가 화낼 거라고 생각했는데 아니었어. 그냥 우스갯소리였더군. 그래서 난 좋다고 했지.

얼마나 좋았는지, 탈, 넌 상상조차 할 수 없을 거야. 레스토랑은 한적했고, 나타샤 아틀라스의 노래가 나지막하게 흐르고 있었어. 마치 우리 귀에다 속삭이는 효과를 내려고 한 것처럼 말이야. 잘 차려입은 웨이터들이 조용조용하게 얘기했어. 사람들이 비밀 문으로 나를 천당에 들여보내 준 것만 같았어. 그런데 메뉴판을 보자 이런 생각이 들었지. 만일 천당에서도 이런 가격을 적용한다면 팔레스타인 사람들이 천당에 가긴 힘들겠다고. 장난이 아니더군! 10, 15, 20달러씩이나 하는 요리들. 그렇다고 특별한 요리도 아니고 우리 엄마가 매일 집에서 해 주는 것들인데 말이야. 구운 양고기, 가지를 곁들인 고기 요리, 콩을 넣어 만든 야채 요리……. 그러니까 그 레스토랑에서 지불하는 것은 메뉴판에 있는 음식 값이 아니라 다른 어떤 값진 것인가 봐. 다른 세상에 있다는 느낌, 태연자약하게 옆에 곁들여진 작은 야채, 만사 태평하게 곁들여진 소스 같은 것에 대한.

파올로와 윌리가 포도주를 시켰어. 술을 마시냐고 묻더군. 물론이라고 아무렇지도 않은 듯, 마치 매일 아침마다 반주로 위스키를 마시기라도 하는 듯이 대답했어. 사실 술은 절대로 마시지 않는데 말이야. 담배 한 대를 권하기에 고맙긴 하지만 됐다고 했어. 가뜩이나 여기는 평균 수명도 낮은데 독약까지 삼켜서야 되겠냐고.

그 말에 몹시 웃더군. 윌리가 담배를 물고서 나를 쳐다보며 물었어.

"나임, 시국에 대해서 어떻게 생각해?"

난 크게 숨을 들이켰어. 눈을 크게 뜨고 볼을 부풀렸지. 마치 이런 말을 하려는 듯이. '오, 그 모든 건 참 복잡하지.'

"구체적으로 어떤……?"

시간을 벌기 위해 나는 이렇게 되물었어.

"인티파다, 이스라엘 사람들, 전쟁…… 같은 것들."

나는 늘 하는 얘기들을 했어. 나도 다른 사람들처럼 나라를 가지고 싶다고. 그게 왜 이스라엘 사람들한테 문제가 되는지 이해를 못하겠다고. 아리엘 샤론이 가자 지구에서 철수하겠다고 말은 했지만 진행되는 걸 보면 언제 그렇게 될지는 모르겠다고. 그러고는 나도 그들에게 질문을 던졌어. 나는 내가 가자에 있다는 걸 잊어버리고 싶었고, 그들이 내게 자신들의 나라에 대해서, 또 그곳 생활에 대해 얘기해 주면서 나를 여행시켜 줬으면 했거든.

탈, 그들 덕분에 난 여행을 다녀왔어. 인터넷으로 보는 것보다 백번 나았지. 윌리는 런던에 대해 기막힌 얘기들을 해 줬어. 거기엔 다람쥐들이 자유롭게 다니는 공원이 있대. (넌 그런 거 본 적 있어? 난 한 번도 없는데.) 사람들이 산책하고, 풀밭에 앉기도 하고, 가족끼리 연인끼리 또는 혼자서 아이스크림이나 팝콘도 먹고, 책도 읽고, 얘기두 나누고, 키스도 한대. 머리 위로 미사일이 떨어질까 봐, 라디오가 어제보다 두 배나 더 나쁜 소식들을 전할까 봐, 가족이나 친구가 다쳤거나 죽었다고 알리는 전화 통보를 받을까 봐 가슴 졸이지도 않으면서 말이야. 윌리는 런던에서 태어나진 않았지만 런던으로 공부를 하러 갔대. 거기서 학생들 세 명이랑 함께 살았다나 봐. 내가 물었지.

"친척들이랑요?"

그러자 그가 막 웃었어.

"물론 아니지! 모르는 사람들이었어. 동거인을 구한다고 학교에 광고를 붙였더라고. 그래서 찾아갔더니 아파트 방 하나를 빌려줘서 알게 된 거야. 여자 둘, 남자 둘이었는데 우린 아주 사이좋게 지냈어. 나 말고 다른 남자애가 병적인 허기증이 있어서 밤마다 냉장고를 비웠던 것만 빼면…… . 그다음 날이면 여자애들이 불평을 해 댔지. 식료품비를 물어내라고. 그러면 걔는 여자애들더러 구두쇠 자본주의자들이라고 했어."

나는 깜짝 놀랐어. 여기선 결혼할 때까지, 아니, 때론 그 이후에도 집을 빌리거나 살 만큼 충분한 돈이 없으면 가족들과 함께 살잖아. 그런데 결혼도 안 한 채 친척도 아닌 남자들과 같은 지붕 아래서 생활하는 두 여자를 상상하자니 그건 내겐 불가능해 보였거든. 놀랍고도 불가능한 일 말이야.

그들은 계속해서 사람들이 노래를 부르는 카페와 춤을 추는 곳에 대해서, 그들이 학생일 때 파리에서 며칠, 바르셀로나에서 며칠, 프라하에서, 베를린에서 하는 식으로 했던 짧은 여행들에 대해서도 얘기해 줬어. 그렇게 많은 여행을 하다니 백만장자인가 싶었지만, 대놓고 그런 질문을 할 수는 없었어. 대신 부모님들이 뭘 하는지 물었더니 윌리가 그러더군.

"우리 부모님은 런던에서 80킬로미터쯤 떨어진 마을에서 식료품 가게를 하셔."

그러자 파올로도 대답했지.

"우리 아버지는 늙은 히피족인데 지난 30년 동안 한 열 번 정도 만나 봤을까 해. 프랑스에서 장에 나가 염소 치즈를 팔지. 엄마는 도서관 사서고."

그러고는 내 질문의 의미를 짐작한 듯 이렇게 덧붙였어.

"유럽에서 여행하는 건 그렇게 돈이 많이 들지 않아. 50유로면 어디든 갈 수 있거든."

내 시선은 포도주 잔으로 잠수해 버렸어. 눈물이 고여 있는 걸 그들이 보지 못하도록. 그들은 자신들이 얼마나 많은 기회를 갖고 있는지 알지도 못한 채 그 모든 자유를, 그 모든 여행을, 그 엄청난 것들을 그렇듯 아주 자연스럽게 얘기했어.

나는 흐느껴 울지 않기 위해서 입술을 깨물었어.

그들은 내가 우울하다는 걸 모르는 척해 줬어. 무시하는 게 아니라 정중한 태도를 보이면서 말이야. (어떻게? 그건 비밀이야.) 윌리가 말했어.

"파올로와 나는 로마에서 열렸던 민간단체 국제회의에서 만났어. 그때 이 단체, '자유로운 발언' 사람들을 만났지. 그 사람들이 우리한테 그러더 군. 자신들의 단체는 세계 곳곳에서 고통 받고 있는 사람들의 얘기를 들어 주기 위해 심리치료사 집단을 운영하고 있다고."

파올로가 이어서 말했어.

"네가 보다시피 우리가 분쟁을 멎게 할 수는 없어. 그렇다고 모두에게 돈을 나눠 줄 수도 없고. 하지만 사람들의 말을 귀담아듣고, 그들 속에 있는 상처를 발견하도록 도울 수 있다면 그 상처들이 나아질 수도 있겠지. 그토록 힘든 상황에서도 사람들이 스스로 더 강하다고 느낄 수 있도록 돕는 거야."

윌리가 말했어.

"특히 중요한 건 그 사람들이 각자 하나의 개체로 존재한다는 걸, 그들이 공통된 운명에 처해 있다고 해서 모두가 닮은꼴인 익명의 존재가 아니란 걸 인식하는 거야. 그 사람들 각자는 둘도 없는 유일한 존재니까."

나는 당황했어. 그들이 한 말들이 내 내장까지 흔들어 버렸거든. "각자 하나의 개체로 존재하는" 사람들의 얘기를 "귀담아들어 주면" "상처들이 나아질 수도 있다"고 하는 그들의 얘기가, 그 단어들 하나하나가 내 속의 얼음덩이들을 녹여 버렸거든. 내 속에서 출렁이던 흐느낌의 파도가 목구멍까지 치밀어 오르더니 눈가에서 폭포로 변해 버렸어. 참으려고 했지만 너무 힘들었어. 내 속에서 완전히 액체가 되어 버린 나는 더 이상 파도를 주체할 수가 없었어.

난 서둘러 화장실로 가려고 일어섰어.

너무 서둘렀던 걸까?

그만 내 포도주 잔을 엎질러 버렸지 뭐야. 물방울 하나가 꽃병을 넘치게 한다는 표현처럼 말이야.

난 흐느껴 울었어. 두 손을 얼굴에 가져다 댔지. 나를 꽉 눌러서 숨도 못

쉬게 해서, 날 지워 버리고 없애 버리고 싶었어. 나라는 존재가, 이 서투른 육체와 나약한 눈물을 가진 나라는 존재가 부끄러웠어.

스무 살이나 되어서는 나보다 열 살 많은 두 남자 앞에서, 그것도 아주 비싼 레스토랑에 나를 초대한 사람들 앞에서 어린애처럼, 미치광이처럼 울다니.

윌리가 내 어깨에 손을 올렸어. 할머니가 돌아가신 뒤로는 아무도 그렇게 해 주지 않았어. 난 마치 긁힌 LP판처럼 흔들렸어. 형편없이, 우스꽝스럽게.

파올로가 말했어.

"자, 우리 밖으로 나가서 좀 걷자."

난 고개를 떨군 채 밖으로 나갔어. 누군가 내게 달의 반대편에 나만의 집을 준다고 해도 다시는 이 지역에, 이 레스토랑에 발을 들여놓지 않겠노라고 속으로 굳게 다짐했어. 우리 부모님의 목숨을 걸고서라도 그러겠다고 맹세하면서.

우리는 아무 말도 하지 않은 채 바다 쪽으로 걸었어. 난 나라는 존재를 저주하면서, 그리고 손수건이 없는 걸 원망하면서 코를 훌쩍여 댔지. 윌리가 손수건을 건네주며 나지막한 소리로 말했어.

"하고 싶은 얘기가 있으면 털어놔도 돼, 나임."

그래서 난 이제껏 아무에게도 말한 적이 없는 사람처럼, 마치 일생에 단한 번 그러는 것처럼 이야기를 하기 시작했어. 잘 알지도 못하는 사람들에게, 이제껏 아무에게도 하지 않은 얘기들을 말이야. 그들은 눈으로, 고요한 시선으로 내 얘기를 들어 줬어. 그들의 눈은 마치 이렇게 얘기하는 것 같았어. '그래, 계속해. 모든 걸 들어 줄게. 우린 시간이 있어. 네 잘잘못을 따지지 않고, 아무에게도 얘기하지 않을게.'

그들이 말하듯 내가 내 '상처들'을 많이 얘기했는지 아닌지는 모르겠어. 하지만 그들에게 나에 대해 얘기를 한 건 분명해. 거의 처음부터 말이야.

그리고 지금, 저녁에 있었던 이 일을 곧 찢어 버리고 말 종이에 쓰는 대신 너한테 편지로 쓰고 있는 거야, 탈.

어차피 누군가에게는 얘기를 해야만 하니까. 오랜만에, 아주 오랜만에 기분이 좋아.

가벼워진.

그래, 그 단어를 말해 볼게.

행복한.

이젠 정말로 잘 자.

나임.

큰 8자에서 빙빙 돌다 내려오기

보낸 사람: bakbouk@hotmail.com

받는 사람: Gazaman@free.com

제목: 나 여기 있어!

나임,

시간을 봐. 나도 아직 안 자고 있어. 너한테 편지 쓰려고 앉았는데 몇 분 전에 네가 보낸 메일을 확인했어. 이렇게 거의 실시간으로 확인하니까 마치 네가 내 옆에 있거나 그리 멀지 않은 곳에 있어서 처음으로 너를 본 듯한 느낌이 들었어. 네 모습을 묘사할 수는 없지만, 사람들이 많은 곳에서도 틀림없이 널 알아볼 수 있을 것 같아.

146

너, 아직도 컴퓨터를 켜 놓고 있다면…… 우리, 대화를 나눌 수도 있을 텐데.

답장 기다릴게.

탈.

보낸 사람: bakbouk@hotmail.com

받는 사람: Gazaman@free.com

제목: 그럼 다음에……

넌 집에 올라가서 자나 봐.

괜찮아. 그런데 네가 여전히 거기 있거나 아니면 다시 나타날 것만 같아.

밤이라서 그럴 거야. 그리고 네 메일 때문이기도 하고.

난 밤에 깨어 있는 걸 무지 좋아해. 다른 시간보다 백배는 더 살아 있는 듯해서 내 머리에서 나는 소리들이 더 잘 들리는 데다가 낮이었다면 빛에 못 견뎌 사라지고 말 수많은 감정들이 느껴지거든.

에프라트의 말처럼, 밤엔 선생님과 부모님들이 대부분 잠들어 있으니까, 그래서 우리들이 더 자유롭게 느껴지는 걸 테지!

너 스무 살이네. 그러니까 우리 오빠처럼.

그리고 너도 요즘 나처럼 목구멍에 뭔가 걸려 있는 듯 느껴지나 봐.

아름다웠어. 네 메일 끝에 쓰여 있던 "행복한"이리는 단어 말이야. 그 말이 쓰여 있는 모니터 화면을 잘라서 내 침대 위에 매달아 놓고 싶었어. 모니터가 너무 비싸서 그럴 수 없는 게 아쉬워.

나도 너랑 파올로, 윌리와 함께 철로도 걷고 오마르 알무크타르 대로도 거니는 것 같았어. 너의 새로운 친구들 덕분에 네가 런던과 로마를 여행했다면, 나는 네 덕분에 가자를 산책했어. 고마워! (다람쥐라면 나도 '아기 사슴 밤비'랑 '록스와 루키' 같은 만화영화에서 본 것 말고는 한 번도 본 적이 없어.)

난 벌써 일주일째 집 밖으로 나가지도, 학교에 가지도 않았어. 내가 놓친 수업 내용을 에프라트가 적어서 가지고 왔지만 읽지도 않고 있어. 곧 졸업 시험이 있지만 통과하건 말건 아주 하찮게 여겨져. 모든 게 무너진 것 같고, 사람이나 사물에 10초 이상 주의를 집중할 수가 없어.

네 메일만 빼고 말이야.

그리고 때로는 리오르의 품 안에서도.

그 외 나머지 시간에는 마치 8자 위를 빙글빙글 돌고 있는 것만 같아. 거기서 속력을 한껏 내어 올라갔다 내려갔다 하는데 내 머리가 위에 있는지 거꾸로 있는지, 그게 나인지 아니면 기계인지 세상인지 알 수가 없어.

난 아주 빠른 속도로 발사된 거야. 그렇지 않으면 내 생각들이 아주 빠른 속도로 발사되었거나. 마치 납으로 된 구슬들을 자석판에다 확 던져 놓은 것처럼 내 머릿속에서 생각들이 서로 부딪치고 흩어져.

말하자면 이런 식이야. 난 내가 묘사하고 싶지 않은 시신들과 몸뚱이들, 사물들을 봤어. 나임, 네가 너의 이름을 알려 주고 믿음을 줬어. 인간이 그런 소리를 낼 수 있는지 상상조차 못했던 고함을 난 들었어. 차라리 아무 말 않는 게 나을 것 같아. 이렇게 일관성 없이 떠들고 있으니까. 나는 나를 모으고 싶어. 지금 난 제멋대로 산산조각이 나 버린 수은 덩이 같아. 이 모든 게 평화를 원치 않고 우리를 증오하면서 죽이려고만 하는 팔레스타인 때문이야. 아냐, 바로 우리 이스라엘 탓이지. 벌써 수년째 팔레스타인 사람들이 나라를 가질 권리를 부정하고 있잖아. 도대체 무슨 자격으로 그들의 권리를 짓밟고 있는 거냔 말이야. 난 지금 정신이 없고 횡설수설하는 데다가 내 생각들은 흥얼흥얼 랩을 만들고 있어. 노라 존스의 음반을 들었어. 그걸 들으며 집중해 보려고. 그 여자는 행복하고 차분해 보여. 노라 존스 말이야. 첫 곡의 가사를 읽어 봤어. 한 줄 전체가 이렇게 적혀 있어. "후— 우— 우우—" 아무것도 아닌 것 같지. 그냥 아무렇게나 쭉 늘어서 있는 소리들 같기도 해. 하지만 이 가사를 노라 존스의 목소리로 들으면 넌 네가 연주하고 싶은 기타를 든 채 구름 위로 떠오를 거야. 아냐, 난 노라 존스에게도 더 이상 집중할 수가 없어. DVD를 틀어 볼까? 지난 일주일 동안 '늑대와 춤을'을 여섯 번이나 봤어. 세 시간짜리 영화야! 그 영화를 처음 봤을 때, 우리 아빠가 케빈 코스트너 역을 해낼 수도 있겠다고 생각했어. 우리 아빠는 케빈 코스트너처럼 차분한 몸짓과 나를 행복으로 녹이는 따뜻한 눈길을 가지고 있거든. 아빠 앞에선 내가 참 작은 손재며 보호받고 있다고 느끼게 돼. 아냐, DVD는 아냐. 만약 거실로 간다면 내가 깨어 있다는 걸 부모님이 알게 될 테고, 그럼 나를 다시 재우려 할 거야. 그러고 보니 내가 나 자신을 그렇게 작은 존재라고, 보호받고 싶어 하는 존재라고 생각하기는 싫은가 봐. 곧 난 열여덟 살이 될 테고, 몇 달 안에 군대에 가게 될지도 몰라. 그런데 내가 계속해서 큰 8자 위에서 빙빙 돌고 있는 상태라는 걸 알게 되면 군대에서도 날 원하지 않을 거야. 나임, 난 네가 정말 보고 싶어. 실제로, 뼈와 살을 가진 생생한 모습으로 말이야. 우리는 할 말이 엄청나게 많을 거야. 네 친구들, 파올로와 윌리도 초대하는 거야. 너한테 에프라트와 리오르, 리오르의 누나도 소개해 줄게. 사해 근처 유데안 사막 한구석에서 모이는 거야. 너도 거기에선 네 자신도 알아차리지 못한 채 달나라 저편, 지구에서 가장 낮은 곳으로 내던져진 느낌이 들거야. 깊숙한 구덩이에 처넣어지는 걸 거부하는 사람들끼리 모여시 큰 축제를 벌이려면 세상에서 가장 낮은 곳에서 해야 되지 않겠어? 와! 그래, 나임. 함께 먹고 마시면 얼마나 좋을까! 리오르가 기타도 가져올 거야. 그러면 우리들은 노라 존스처럼 "후— 우— 우우—" 하면서 노랠 부르는 거야. 히브리어로, 아랍어로, 영어로, 이탈리아어로 말이야. 그러고 나면 그곳을 깨끗이 보존해야 한다고 내가 모두에게 호통을 치겠지. 사해는 신성

한 곳인 데다가 세상에서 둘도 없는 곳이거든. 게다가 난 그래도 벌써 8년째 자연보호단체에 소속되어 있어.

말해 줘, 너 혹시 모니터 앞에 다시 와 있는 거라면. 새벽 4시야. 그토록 엄청난 저녁 시간을 보내고 나서 네가 금방 잠들었을 거라고는 생각지 않아. 너한테 사무실 열쇠를 주고 간 그 두 명의 심리치료사들, 정말 친절하다.

자, 나타나!

탈.

보낸 사람: bakbouk@hotmail.com

받는 사람: Gazaman@free.com

제목: 괜찮아, 뭐...

5분 동안 기다렸어. 그리고 다시 10분. 하지만 넌 메일을 확인하기 위해 다시 내려오지 않았어. 하긴 새벽 4시 반에 메일을 확인하러 내려온다는 게 말이 안 되지. 넌 집으로 돌아가 잠자리에 누워서 윌리와 파올로에게 네가 한 말들을 되새겨 보고 있을 게 분명해. 어쩌면 내 생각도 하고 있을지도 모르지. 내 말이 맞을 거야. 탈, 걔가 아주 미친 건 아니거든. 약간

맛이 가기는 했지만 그래도 다른 사람들이 뭘 느끼는지는 충분히 알거든. 어쨌든 며칠 전부터, 네 마지막 메일을 받고 난 뒤부터 내가 너와 정말로 연결되어 있다고 느껴져. 그리고 말이야, 너 집에 들어가서 부모님한테 혼났을 것 같아. 그렇게 늦도록 밖에 있을 거라고 미리 얘기하지는 않았을 거 아냐.

난 안전벨트를 풀고 큰 8자에서 아프지 않게 뛰어내릴 테야. 자야겠어. 잘 자, 나임.

탈.

보낸 사람: Gazaman@free.com

받는 사람: bakbouk@hotmail.com

제목: 너의 불면증

안녕, 탈.

네가 걱정돼. 너, 묘하게 흥분해 있어. 윌리나 파올로 같은 사람을 만나 보는 게 좋을 것 같아. 그러니까 정신과 의사 말이야. 기분이 나아질 거야. 너희 나라에선 그런 거 아무렇지도 않게 하잖아. 여기선 꽤 복잡해. 정신과에서 상담을 받는 게 정상적인 일이라는 걸 사람들한테 납득시키는 데만도 엄청난 시간이 걸린다고 윌리와 파올로가 그러더군. 아무도 아이들을, 특히 여자애들은 그런 데 보내려 하지 않거든. 만일 그랬다가 소문이라도 나게 되면 딸아이에게 '미쳤다'는 꼬리표가 붙게 되어 아무도 그런 딸을 아내로 맞으려 들지 않을 거라면서 두려워하니까. 그래서 그 사람들은 일반 병원 안에서 상담을 해. '자유로운 발언' 단체 사람들 말이야. 그렇게 하면 심장검진이나 혈액검사를 받으러 오는 사람, 또는 다른 사람 병문안을 하러 오는 사람들이 열려 있는 문으로 들어와 얘기를 하게 되고, 그렇게 해서 상처받은 영혼이 치유되는 경우도 있다고 윌리가 말했어.

그건 그렇고, 네 말이 맞았어. 내가 집에 왔을 때 우리 부모님은 너무 걱정이 된 나머지 얼굴이 백지장처럼 하얘져서는 몹시 화가 나 계셨어. 난 이제 애가 아니라고, 이제 다 컸다고 말했지. 그랬더니 가자의 거리는 다 큰 어른들한테도 절대로 안전하지 않다고 하시더군. 그래서 난 이해하지 못하실 거라고, 다른 데 있었다고 했어. 아니, 그냥 다른 데가 아니라 '정말 다른 데'라고 해야겠지. 그러니까 내게 아무 일도 일어나지 않는 장소. 그랬더니 내가 횡설수설해 대고 실성해서는 술까지 마셨다고, 그래서 옷에 얼룩이 졌다고 하셨어.

엄마가 놀라서 "피잖아!" 하고 소리치니까 아버지가 한마디 하셨어.

"아냐, 포도주야. 당신 아들이 술을 마신 거라고!"

"딱 한 모금 마신 거예요. 횡설수설하지도 않았고요! 윌리랑 파올로가 같이 있었으니까 제가 멍청한 짓을 했는지 직접 물어보시면 되잖아요."

이날 일은 선물 얘기로 끝났어. 우리 부모님이 언제 어디서든 나한테 연락을 할 수 있도록 휴대폰을 사 주겠다고 하셨지.

난 그런 거 필요없다고 얘기하고 싶었어. 그러니까 이제 조금만 있으면 내 걱정을 하지 않아도 될 거라고.

하지만 입을 다물어 버렸어.

부모님이 휴대폰 생각 덕분에 갑자기 안심이 되셨는지 더 이상 화를 내지 않으셨거든.

이제 그만 써야겠어.

그런데 그러기 전에…… 네가 좋은 아이디어를 줬네. 그래, 우리 메신저로 얘기하자. 어떻게 하는지는 알고 있지? 메신저에서 만나면 진짜 대화를 할 수 있을 거야.

안녕,

나임.

평화는 미친 사람들에게로

Gazaman : 정말 너야? 거기 접속한 게 탈, 너 맞아?

bakbouk : 그래, 나야.

Gazaman : 잘 지내?

bakbouk : 모르겠어. 넌?

Gazaman : 나도 모르겠어·······

bakbouk : 우리 부모님도 너랑 똑같은 생각을 했나 봐. 나를 정신과 의사한테 데리고 갔어. 내가 집 밖으로 나가지 않은 지 열흘이나 됐다고······ 있을 수 없는 일이라고 하면서.

Gazaman : 의사는 어떤데?

bakbouk : 존 레논을 닮았어. 비틀스 멤버 말이야.

Gazaman : 나도 알아. 우리 부모님이 아주 좋아해. 그거 말고는? 어때, 그 사람?

bakbouk : 그것 말고는…… 10분 동안 난 의사한테 한 마디도 할 수가 없었어. 난 "이, 어, 어, 그러니까……"라고만 했어. 눈도 똑바로 바라볼 수 없었고.

Gazaman : 그래서?

bakbouk : 의사가 머릿속에 떠오르는 대로 얘기해 보라고 했어.

Gazaman : 그래서 얘길 했어?

bakbouk : 내가 못 믿겠다는 식으로 쳐다봤어. 이렇게 대답했지. "제 머릿속은 이상한 샐러드예요. 꿀이 있고 식초도 있고 바이올린, 북, 랩, 성가도 들어 있는 샐러드죠. 제가 목록을 끝까지 드리고, 이해하시기 좋도록 히브리어 설명서까지 곁들인다고 해도 저를 감금하실걸요?"

Gazaman : 너 정말 그렇게 생각했어?

bakbouk : 물론이지. 넌 네가 미쳤다고 생각해 본 적 한 번도 없어?

Gazaman : 많지.

bakbouk : 그것 봐…… 어쩌면 우리 스스로 우리가 미쳤다고 생각하는 건지도 몰라. 그러니 오히려 멀쩡한 건지도……

Gazaman : 그래. 너와 내가 이스라엘—팔레스타인 미치광이 수용소를 만들어야겠어. 서구인들이 늘 그렇듯, 멋진 화해의 상징이 될 거야. '미친 아랍인과 미친 유대인' 수용소라고 부르는 거야. 그리고 건물 위에다 우리의 좌우명을 새기는

156

거야. 이렇게. "평화는 미친 사람들에게로 향한다."

bakbouk : 멋지다. 그런데 이만 써야겠어. 방금 리오르가 왔거든. 오늘 저녁에 다시 얘기할래?

Gazaman : 그럴 수 있을지 모르겠어.

bakbouk : 왜?

Gazaman : 무슨 일이 일어날지 모르니까. 신도가 아니더라도 "인샬라"—신의 뜻대로—라고 해야 할 판이니.

bakbouk : 오늘 저녁에 다시 얘기하기로 해. 인샬라! 알았어?

Gazaman : 그렇게 얘기하니까 이상해. 네가 그 말을 하니까 말이야. 그래, 알았어.

(그날 저녁)

bakbouk : 안녕, 나임.

Gazaman : 안녕, 탈.

bakbouk : 너 지금까지 계속 파올로와 월리 사무실에 박혀 있는 거야?

Gazaman : 그렇다기보다는 컴퓨터 앞에 자주 있는 거지.

bakbouk : 그 사람들 어떻게 생겼어? 네 친구들 말이야.

Gazaman : 왜 그런 질문을?

bakbouk : 그냥. 난 시각적이거든. 내가 영화를 하고 싶어 했다는 거

잊지 마.

Gazaman : 왜 그걸 과거의 일처럼 얘기하니?

bakbouk : 왜냐하면 내가 원하는 걸 니도 더 이상 모르겠으니까. 존 레논의 진료실에서 완전한 문장을 두 문장 해냈어. 이렇게. "저 죽음을 간신히 피했어요. 이런 생각이 저를 잠 못 들게 해요."

Gazaman : 왜 그게 널 잠 못 들게 해?

bakbouk : 왜냐하면 나는 그런 우연을 이해할 수가 없거든. 만일 내가 그때 촬영하고 있었던 고양이 자리에 있었다면 난 죽었을 거야.

Gazaman : 그 고양이, 정말 죽었어?

bakbouk : 응.

Gazaman : 하지만 단지 고양이일 뿐이잖아. 그러니까 내 말은, 인간보다 더 나약한 고양이라는 거지. 만일 너였다면 그냥 조금 다치기만 했을지도 모르잖아.

bakbouk : 그렇디고 확신할 수도 없지. 그러니까 그 사람들은 어떻게 생겼냐고. 윌리와 파올로.

Gazaman : 유럽인들처럼 생겼지.

bakbouk : 다시 말해서?

Gazaman : 면도를 안 하고 있을 때도 평온해 보이는 사내들. 망을 보다가 조금만 위험해도 튈 준비가 되어 있는 사내들이 아니

라. 윌리는 금발이고 키가 꽤 큰데, 빌 클린턴이 젊었을 때랑 약간 닮았어. 파올로는…… 아, 모르겠어. 이렇게 말로 묘사하는 건 아무런 의미가 없어.

bakbouk : 그래. 그럼 넌?

Gazaman : 뭐? 나?

bakbouk : 넌 누굴 닮았어?

Gazaman : 한 남자와 한 여자가 만든 한 아랍인 같지 뭐.

bakbouk : 흠, 너 다시 날 놀리기 시작하는 거야?

Gazaman : 그럴지도 모르지. 모든 사람들이 너를 마냥 조심스럽게만 대한다면 넌 영원히 가자 거리에서 벗어날 수가 없을 테니까. 넌 거기서 죽을 때까지 갇혀 있게 될 거야. 죽은 고양이와 폭발한 버스 앞에서.

bakbouk : ……

Gazaman : 왜 아무 말도 안 해?

bakbouk : 울다가 웃다가 하는 거야. 네가 존 레논보다 훨씬 나아. 네가 말이야.

Gazaman : 아니지. 그는 그의 일을 하는 거고, 나는 전부터 너를 알고 있는 거지.

bakbouk : 너, 정말 날 알고 있다고 느껴?

Gazaman : 그래. 나는 널 보기도 해. 널 정말 본다고. 내 머릿속에 네 사진이 들어 있어. 그러고 보니 너한테 고맙다는 말도 못

했네. 그 공격이 있기 바로 전이었으니. 너...... 예쁘더라. 브라보!

bakbouk : 예쁘지도 않은데 뭐. 작년에 내가 나 자신 때문에 계속 힘들어하던 어느 날 아빠가 해 준 말이 있어. 우리 삶을 결정하는 것들, 이를테면 우리의 얼굴, 출생지, 부모를 우리가 선택할 수 없다는 걸 너도 잘 알지 않냐고. 그냥 우리가 생긴 대로 우리가 선택하지 않은 것들과 더불어 스스로 해결하며 나아가야 하는 거라고....... (그리고 가자 거리에서 일어난 것은 '테러'였어. '공격'이 아니라.)

Gazaman : 네가 굳이 고집한다면. 우리 두 민족은 단어를 쓰는 데조차도 절대로 합의하지 않았지. 너희들은 "이스라엘"이라 하고, 우리는 "팔레스타인"이라 하지. 너희는 "예루샬라임"이라 부르지만 우리는 "알쿠드"라 부르고. 너희는 시켐의 도시에서 테러리스트들을 찾고 있다고 말하고, 우리는 우리 전사들이 나플루즈에서 너희를 손아귀에 넣었다고 말하지. (실제로는 똑같은 도시, 똑같은 사람들이지!) 너희는 "테러리스트"라 하지만 우리는 "마르티르"라 하지. (그 사람이 죽었을 땐 특히 그래. 그렇지 않으면 단순한 투사, 용감한 투사가 되는 거고.) 너희들은 "안전이 우선이고 그다음에 평화가 있을 것"이라고 말하고, 우리는 "평화가 우선이고 그런 다음에 안전은 자연히 이루어진다"고 말하지. 사실 이스라엘—팔레스타인의 정신질환자들을 위한 수용소를 만들기 전에 우리는 '두 민족 사전'부터 만들어야 할 거야. 너희랑 우리가 쓰는 단어들을 합의하는 사전 말이야. 아무튼 너희 아버지는 참 현명하신 분 같아.

bakbouk : 내 생각에는…… 만일 단어들에 합의할 수 있다면 다른 모든 것에도 합의할 수 있다고 봐.

Gazaman : 그럴싸한데? 그럴싸해. 이젠 그만 가 봐야 해. 다른 중요한 일이 있어서…….

bakbouk : 무슨 일?

Gazaman : 비밀이야.

bakbouk : 많기도 하네…… 비밀 말이야.

Gazaman : 아냐. 꿈이 많은 거야. 하지만 당분간은 비밀로 하고 싶어.

bakbouk : 언젠가는 얘기해 줄 거야?

Gazaman : 아마도…… 안녕.

에탄의 고백

보낸 사람: bakbouk@hotmail.com

받는 사람: Gazaman@free.com

제목: 믿기지 않는 수백만 톤의 소식

안녕, 나임.

며칠 동안 접속을 할 수가 없어서 메일을 확인하지 못했어. 그러다 조금 전에 열어 보면서 메일이 한가득 있지 않을까 생각했지. (당연히 너한테서 온 메일 말이야. 이 주소를 알고 있는 사람은 너뿐이니까.) 그런데 아무것도 없었어. 메신저에도 들어오지 않고……. 무슨 일 있는 거야?

가자는 요즘 조용한 것 같던데. 그러니까 라디오에서 특별한 소식이 들리지는 않았거든.

당분간은 네가 '잠수'하는 기간이고 곧 수면 위로 떠오를 거라고 생각하고 있어.

네게 할 말이 잔뜩 있어. 수백만 톤이나 되는데 어디부터 시작해야 할지 모르겠어!

요즘 난 존 레논을 일주일에 두 번씩 만나. 그가 웃으면서 나를 이해하기 위한 특별한 설명서는 없어도 된다고 말한 뒤부터 난 내 머리에 떠오르는 걸 가리지 않고 모조리 얘기해. 그게 참 편해. 사람들 말처럼 그러는 게 날 돕는 건지는 잘 모르겠지만, 동네에도 조금씩 나가 보고 있으니 곧 학교도 가게 될 거야. 가끔씩 저녁에는 리오르랑 외출도 해. 리오르네 집까지 걸어가는 거지. 별로 안 멀거든. 거리를 걸을 때 리오르가 내 팔을 잡아 주는데, 내가 마치 여든 살 먹은 늙은이처럼 느껴져. 몇 달 전 신문에 났던, 사람들이 절대로 떠올리지 않았던 모든 희생자들에 대한 기사가 기억났어. 테러를 목격했지만 다치지 않았거나 가벼운 부상만 입은 사람들부터 그 테러의 순간 이후로 지금껏 충격에 빠져 있는 사람들에 이르기까지. 어떤 부모는 자신들의 두 아이가 백화점에 쇼핑하러 갔다가 테러를 목격한 뒤로 삶이 예전 같지 않다고 했어. 이젠 항상 차로 아이들을 등하교시켜야 한다면서. 그 엄마는 아이들 운전사 역할을 해야 하니까 직장도 그만뒀대. 집에서도 아이들은 문을 항상 잠그라고 하고, 블라인드도 내리라고 한다나 봐. 저녁에 부모가 자신들만 남겨 두거나 남에게 맡기고 외출하지 못하게 하고, 잘 때는 불을 켜 놓고 자야 하고, 그래도 한밤중에 여러 번 깨곤 한대. 그 엄마가 그랬나더군. "우리 생활은 엉망이 되어 버렸어요. 아이들이 블라인드를 걷도록 허락하는 날에야 우리는 구출되는 것일 거예요."

지난주에 팔레스타인 아이들에 대한 기사 하나가 <하레츠>지에 실렸어. 잘 들어 봐. 다음과 같은 얘긴데 믿기지 않을 거야. 어떤 식으로든 전쟁을 목격한 아이들 중 80퍼센트가 다쳤거나 심리적 충격에 빠져 있는 상태래. 기자는 그 모든 아이들을 심리치료사에게 데려가는 게 어려운 여건이라면서 '자유로운 발언'의 파올로 프라테리니라는 사람과의 인터뷰를 실었어! 믿을 수 있겠어? 우리 집, 우리 거실에 네 친구 파올로가! 그러니까 우리 거실 탁자 위에 있는 신문에 말이야! 얼마나 반가웠던지. 그래서 누군가에게 얘기하지 않고는 배길 수가 없었어. 집에는 에탄 오빠가 있었지. (오빠는 이제 가자에 가지 않아. 마지막 복무 기간을 북쪽 어딘가에서 보내고 나면 곧 제대하게 돼. 내가 군 복무를 시작하는 때와 거의 같은 때에 말이야. 내가 군 복무를 할 수 있다는 진단이 나오면 그렇다는 거지. 그런데 아직은 모르겠어.) 어쨌든 그때 에탄 오빠가 집에 있어서 내가 모두 얘기해 줬어. 병속에 뭐가 들어 있었는지, 우리의 편지 왕래, 너. 그런데 오빠는 놀라는 기색이 전혀 없었어. 그래서 난 오빠를 흔들어 댔지.

"오빠, 내게 팔레스타인 친구가 있다고 말하는데 반응이 왜 이래?"

"절반 정도는 알고 있었거든."

"뭐라고?"

"그럼 넌 무슨 생각을 했던 거야? 네가 병을 건네줬을 때 난 그걸 열어 봐야만 했다고. 그 안에 뭐가 들었는지 알아야만 했단 말이야."

"그렇지만…… 왜?"

"너, 다른 별에서 온 거야 뭐야! 내가 그 속에 뭐가 들었는지도 모르는 채 그걸 가자 앞바다에 던질 거라고 생각했단 말이야? 탈, 난 군인이야. 무책임한 몽상가가 아니라고!"

"그래서? 내가 그렇단 말이야? 그걸 말하고 싶은 거야? 내가 무책임하고 미쳤다고? 응?"

오빠는 전혀 그렇게 생각하지 않았다고, 그렇게 한 건 무엇보다도 나를 보호하기 위해서였다고 말했어. 하지만 난 오빠 말을 더는 듣지도 않고서 오빠가 날 배신했으니 이젠 절대로 믿지 않겠다며 고함을 질러 댔지.

우리 아파트가 넓긴 하지만 내가 지른 고함을 다른 방에서 못 들을 정도는 아니거든. 난 고함을 잘 지르지 않을뿐더러 그런 걸 싫어해. 하지만 한번 질렀다 하면 온 동네로 쩡쩡 울려 퍼질 정도지.

부모님이 급히 달려왔어.

"무슨 일이야, 너희들? 다시 애들이 된 거야?" 하고 엄마가 물었어.

"오빠가요, 오빠가 절 배신했다고요!" 난 오빠한테 손가락질을 하면서 계속 고함을 질렀어.

165

"무슨 소리니?" 아빠가 조용한 목소리로 물었어.

그래서 나는 모든 걸 더듬더듬 얘기했지. 엄마랑 아빠는 얼이 빠진 듯했어.

"왜요? 전 나쁜 짓 하나도 하지 않았어요. 팔레스타인 사람들도 우리와 똑같다는 생각으로 저를 키운 건 바로 엄마랑 아빠잖아요! 그 사람들을 좀 더 알아보려 했다고 해서 설마 절 꾸짖지는 않으시겠죠?"

자세히 얘기해 줄게. 우리 부모님은 이렇게 말했어. 그런 게 아니라, 내가 한 일이 위험할 수도 있었지만—만일 내가 보낸 병이 어느 광신자의 손에라도 들어갔다면 그의 증오가 나를 다치게 할 수도 있었을 거라고 말이야—아주 아름다운 행동이라고 했어. 부모님은 내가 아무에게도 말하지 않은 것에 놀랐어. 특히 아빠가. 내가 대답했지. 비밀을 간직할 수밖에 없었고, 편지 왕래가 가족 공동의 관심사로 되어 떠들썩하게 만들고 싶지는 않았다고. 너에 대해 물었지만 딱히 뭐라 얘기할 수는 없었어. 내가 너에 대해 알고 있는 것들은 그냥 간단하게 말로 할 수 있는 게 아니니까. 네가 스무 살이고, 가자에서 살고 있고, 글을 잘 쓴다고만 대답했지.

오빠가 물었어.

"그게 다야? 걔에 대해 우리한테 얘기할 수 있는 게."

그래, 그게 다였어.

아빠는 우리가 편지를 주고받는 게 희망의 증거라고 했어. 너희들과 우리들 사이에도 인간적인 관계가, 우정이 가능하다는 걸 보여 주는 거라면

166

서. 그러니 봐, 네가 바로 희망이라는 거 너도 알겠지?

　조금 있다가 에탄 오빠가 내 방으로 왔어. 난 바닥에 앉아서 침대 위쪽에 걸려 있는 부채를 쳐다보고 있었지. 1년 전에 리오르의 누나가 태국에서 사다 준 거야. 비상하려고 하지만 결코 날지 못하는 커다란 흑고니들이 있고, 한 번도 본 적 없는 이름 모를 꽃다발도 그려져 있어.

　오빠가 곁에 앉으면서 팔을 내 어깨 위로 부드럽게 얹었어.

　"꼬맹아, 아직도 날 원망하고 있는 거야?"

　난 긍정과 부정을 동시에 말하는 고갯짓을 했어.

　"난 널 보호하려고, 단지 널 보호하려 했던 것뿐이야. 넌 가자가 어떤 곳인지 몰라. 그 좁은 지역에 사람들이 얼마나 많은지! 너와 나 같은 사람들 말이야. 게다가 더 불행하기까지 한. 왜냐하면 그들은 자유롭지 못하니까, 왜냐하면 늘 총격이 있으니까, 왜냐하면 실업률이 아주 높으니까, 왜냐하면 그들의 일상은 너무 지긋지긋하니까. 그리고 또 다른 부류들도 있어. 광신자들. 그들은 무시무시해. 그래서 나는 네 유리병이 적당한 임자에게 가기를 바랐던 거야."

　"그래서 어떻게 했는데?"

　"그 병의 반을 모래 속에 묻었어. 그런 뒤에 그 자리를 감시하러 규칙적으로 들렀지. 그게 아직도 거기 있는지 아니면 누군가 가져갔는지 보기 위해서. 엿새째, 어떤 청년이 해변에 와서 드러누웠어. 혼자서. 손에는 책이 한 권 있었는데 읽지는 않았어. 그 친구는 오랫동안 바다와 하늘을 쳐다보더니 드러누웠어. 그러고는……."

"오빠가 나임을 봤다고? 그래서 말을 걸있어? 아무 말도 안 했어?"

"굳이 알고 싶다면 말해 주지. 우리는 서로 인사를 나누지는 않았어."

"생김새는 어땠는데? 설명해 줘!"

"키가 큰 편이었어. 175센티미터 정도. 호리호리하고. 청바지에 하늘색 티셔츠를 입고 있었어. 머리는 짧고 약간 곱슬곱슬하고. 특별한 건 없었어. 게다가 눈동자 빛깔까지 알아보기엔 내가 너무 멀리 있었거든."

(나임, 네 말이 맞아. 묘사를 하는 건 아무런 의미가 없어. 하지만 믿어지냐고! 우리 오빠가 널 봤대!)

"그런 다음, 어떻게 됐어?"

"그 친구가 병을 열더니 종이를 꺼내서 읽더군. 여러 번 읽는 것 같았어. 그러고는 잠시 그대로 누워 있다가 가방에다 그 병을 넣었어."

"그리고?"

"그게 다야."

"어떻게 그게 다야?"

"병을 가지고 가 버렸거든. 왜인지는 모르지만 난 그 친구를 믿었어. 혼자였으니까, 바다를 바라봤으니까, 손에 책을 들고 있었으니까."

"왜 따라가지 않았어?"

"난 사립탐정이 아니야! 군인이라고. 이스라엘 군복을 입고서 혼자 여행객처럼 가자 시내를 산책하지는 않는다고."

가슴이 얼마나 뭉클했던지! 화는 다 가셔 버렸어. 우리 오빠가 널 봤고, 오빠는 널 믿었어.

오빠가 옳았어.

아, 난 지금 네가 아주 가깝게 느껴져. 우리가 서로 볼 수 없다는 게 더욱더 비현실적이고, 더욱더 말이 안 되는 것만 같아!

답장 꼭 해 줘!

곧 봐,

탈.

따뜻한 점퍼

오늘 저녁, 리오르는 날 보러 올 수가 없었다. 결혼식에 초대를 받았는데 나는 같이 가지 않는 편이 낫겠다고 생각했다. 한껏 틀어 놓은 음악을 들으며 춤을 출 수도, 축하해 주러 모인 600명의 하객들을 볼 수도 없을 것 같았다.

날마다 나와 산책을 해 주던 리오르를 대신해서 아빠가 함께 산책하자고 했다.

아빠와 나는 에멕 레파임 거리에서 극장 쪽으로 걷기 시작했다. 힐렐 카페를 지나면서 나는 오한을 느꼈다. 6개월 전, 한 젊은 여자가 아버지와 함께 테이블에 앉아 있었는데…….

나는 내 곁에서 살아 있는, 우리 아빠에게 말했다.

"나바 아펠바움, 기억나세요?"

아빠는 턱으로 카페를 가리키며 눈썹을 찌푸렸다.

"6개월 전에 이곳에서 아버지랑 함께 죽은 젊은 여자?"

"네, 그다음 날 결혼할 예정이었던 여자요."

"기억나. 그런데 왜 그런 질문을 하는 거지?"

"그러니까 그 테러가 일어난 직후에 제가 글을 쓰기 시작했고, 그 글을 병 속에 넣어 오빠한테 건네줄 생각을 했거든요."

"네가 왜 그랬는지 이해가 간다." 아빠가 조용히 말했다.

"정말이요?"

"물론이지. 그날 너를 이끈 건 생존본능이야. 무의식적이었건 아니었건 간에, 넌 절망에 맞서서 자신을 방어했던 거야. 폭력을 초월해서, 증오와 무관심의 언어가 아닌 다른 언어로 말하고 싶었던 거지. 정상적인 인간이라면 누구나, 자신을 집어삼키려고 만반의 준비가 되어 있는 적들에게 포위되어 있지 않다는 걸 확인하고 싶어 한다고 생각해."

나는 한숨을 쉬었다. 추위 때문인지 아니면 다른 이유 때문인지 모르겠지만 나는 떨고 있었다. 아빠가 점퍼를 벗어 내 어깨에 걸쳐 주었다. 나는 아빠의 체취를 한껏 들이마시면서 두껍고 투박한 천 안에서 몸을 웅크렸다. 조금은 보호받는 듯한 기분이 들었다.

"아세요, 아빠? 저 6개월 전보다 무척 늙어 버린 것만 같아요."

아빠는 고개를 갸우뚱하면서 물었다.

"늙는다는 건 너한테 어떤 의미지?"

"어떻게 설명해야 할지 모르겠지만…… 더 이상 계획을 세우고 미래를 생각하고 싶지 않아요. 여러 가지 계획을 가진 사람들로 가득 찼던 버스를…… 그날 제 눈으로 봤거든요."

"그래서?"

"그 계획들은 다른 것들과 함께 폭발해 버렸어요."

아빠는 아무 말도 하지 않았다. 그러고는 내 목에 팔을 둘렀다. 구도시의 성벽이 우리 앞에 나타났고, 우리는 똑같이 벤치에 앉아 그 벽을 바라보면 좋겠다고 생각하기라도 한 것처럼 동시에 자리에 앉았다.

조명이 성벽을 밝혔다. 우리 왼쪽으로 톱니 모양의 네모난 불빛을 따라 다윗의 성채—다윗 왕 시대의 것이 아니라고 아빠가 흔히 덧붙이곤 했던—가 고요한 달빛 아래 펼쳐져 있었다.

내 생각을 읽은 것처럼 아빠가 말했다.

"풍경이 우리에게 위안을 줄 때가 있지. 우리들의 고뇌보다 더 강하거든. 그러니까 광활한 풍경을 마주 대하고 있으면 우리가 얼마나 작은 존재인지 다시 깨닫게 되는 거야."

172

사실이었다. 나는 내가 아주 작게 느껴졌다. 아빠의 점퍼 때문에도 그랬다.

아빠가 계속 말을 이었다.

"봤니? 달이 다윗의 성채 바로 위에 떠 있는 일은 드문데. 그리고⋯⋯."

"다윗 왕 시대의 것이 아니고 16세기 술레이만 술탄 때 재건되었다는 거, 저 알아요!"

우리는 함께 웃었다.

1월 29일 이후 정말 처음이었다. 웃음과 울음의 딱 중간에서 흔들렸다. 나쁜 기분은 아니었다.

문득 아빠가 나임에 대해서 좀 더 알고 싶지만 묻지 못하고 있다고 느껴졌다. 그래서 웃음이 멎고 난 뒤 아빠에게 말했다.

"있잖아요, 6개월 전에 병을 보낼 때만 해도 저 참 순진했어요. 에탄 오빠가 정말로 바다에 던져 줄 거라고 생각했죠. 진짜 기적이 일어나길 바랐거든요. 이렇게 생각했어요. 만일 누군가 그걸 발견해서 나한테 글을 쓰게 된다면 그게 바로 하나의 증거가 되는 거라고."

"어떤 증거?"

"사람들 사이에 넘지 못할 경계선은 없다는 증거요."

"그래서 넌 넘었니? 그 경계를?"

"그렇다고 생각해요. 하긴 제가 상상했던 것과는 전혀 다르게 흘러가긴 했지만요. 전 제가 보낸 병이 여자아이에게 전해질 것이고, 그러면 저는 우리를 대표해서 그 애와 서로 얘기를 나누게 될 거라고 생각했거든요. 하지만 전 이렇게 된 게 훨씬 좋아요. 제가 팔레스타인 사람들을 더 잘 알게 되었다고는 생각지 않아요. 사실 팔레스타인 사람들을 안다고 말로만 하는 건 별 의미가 없잖아요. 거기서 몇 달 동안 정착해 살면서 그들의 삶을 체험해 보지 않는 한은요. 그래도 전 나임은 잘 안다고 생각해요. 게다가 나임에게 애틋한 감정도 느껴요. 내가 사랑에 빠지고 있는 건 아닌가 하는 생각이 들 때도 있었으니까요! 아, 저도 알아요. 컴퓨터 화면 앞에서 이런저런 상상을 하기는 쉽다는 거 잘 알아요. 하지만 나임의 편지를 읽는 게 좋았고, 나임의 글을 애타게 기다렸고, 나임의 편지들을 여러 번 다시 읽곤 했어요. 나임은 저를 많이 웃게 해 줬어요. 절 비웃을 때조차도 말이에요. 웃기지 않을 땐 저를 감동시켰어요. 나임은 다른 남자애들과는 다르게 글을 쓰거든요. 하긴 다른 남자애들은 글도 많이 쓰지 않잖아요. 게다가 나임은 제게 신뢰까지 주었으니까요."

"그러면 리오르는?"

"리오르를 사랑해요. 어쨌든 그렇게 생각하고 있어요. 그렇지만 누가 저한테 가자로 가도 되니 당장 가겠냐고 묻는다면 저는 나임을 보러 달려갈 거예요. 그게 불가능하다는 게 가슴 아파요. 정말이지 가슴 아파요."

"탈, 지금은 불가능하지만 계속 그렇지만은 않을 거야."

나는 아빠 쪽으로 눈을 돌렸다.

"그런 믿음, 이제 지겹지도 않으세요?"

"어떤?"

"팔레스타인 사람들과 우리의 평화요. 지난 30년 동안 아빠는 그걸 위해 싸워 왔지만 갈수록 나빠지고만 있잖아요."

"30년이란 시간은 기나긴 역사 속에서 보면 그리 대단한 게 아니란다. 네가 정말 늙게 되면 알게 될 거야."

아빠는 웃고 있었지만 추위를 느끼는 게 역력히 보였다. 점퍼를 돌려준다고 해도 아빠가 거절할 게 뻔해서 나는 그만 자리에서 일어섰다.

돌아오는 길에 아빠가 소곤거렸다.

"탈, 네 모든 꿈들을 온전히 간직하렴. 꿈, 그게 바로 우리를 앞으로 나아가게 만들거든. 그러니 네가 원하는 모든 것을 계속해서 믿고 갈구하렴. 영화를 위해서건 평화를 위해서건."

아빠의 목소리는 부드러웠다. 내 머릿속에 길을 터서 미래를 상상할 수 있는 작은 부분(오른쪽 뇌? 왼쪽 뇌?)에 산소를 제공하는 것만 같았다.

집으로 들어가기 전에 아빠에게 말했다.

"나임한테 집착하고 있는 게 슬프면서도 행복해요. 왜 행복하냐면 저쪽의 누군가와 정상적인 관계를 가질 수 있다는 게 대단해서요. 아빠의 점퍼만큼이나 절 따뜻하게 해 주거든요. 그리고 왜 슬프냐면……."

"왜 슬프냐면?"

"나임에게서 소식이 끊긴 지 벌써 며칠 됐어요. 나임한테 무슨 일이 일어났을까 두려워요. 라디오에서 그쪽에 사망자나 부상자가 있다는 소식은 없었지만……. 그런데 나임이 보낸 글 중에 이런 구절이 있었어요. 이제 조금만 있으면 우리 부모님이 내 걱정을 하지 않아도 될 거라고요. 끔찍한 구절이잖아요. 안 그래요? 걱정돼요. 그가 뭘 하려고 하는지, 돌이킬 수 없는 어떤 일을 저지르려는 게 아닌지. 하긴 제가 어떻게 알겠어요. 하지만 아빠, 전 두려워요."

이제야 모든 걸

bakbouk : 나임, 너 거기 있지? 방금 접속했구나. 얘기 좀 할 수 있어?

Gazaman : 미안해. 할 말이 무척 많아. 곧 메일 보낼게. 기다려 줘. 시
간이 좀 걸릴 거야. 그리고...... 날 원망하지 말기를.

보낸 사람: Gazaman@free.com

받는 사람: bakbouk@hotmail.com

제목: 이제야 모든 걸 얘기해

탈에게

이 글은 너에게 보내는 마지막 편지가 될 거야. 그러니 답장은 쓰지 마. 부탁할게. 이 메일을 받은 뒤에는 나한테 편지 쓰지 말아 줘.

네가 보낸 병을 발견한 지 정확히 6개월이 되었네. 우리 만남의 6개월 생일을 축하!

나는 네가 전혀 알지 못하는 녀석인 가자맨인 게 좋았어. 널 놀려 대고 때로는 화까지 냈지만 난 네가 증오 없이 내 글을 읽어 준다는 걸 알고 있었거든. 하지만 우리가 모든 걸 통제할 수는 없나 봐. 컴퓨터 화면 뒤에서조차도. 그래서 넌 여지없이 나임으로 이르는 길을 발견해 내고야 말았지.

내 이름은 나임 알 파르죽이야. 가자에서 태어났고 스무 살이지. 우리 아버지는 간호사고, 엄마는 교사야. 엄마는 나를 낳은 뒤에 더 이상 아이를 가질 수 없게 되었어. 나는 가자 지구에선 좀처럼 보기 드문, 어쩌면 유일무이한지도 모르는 외동아들이야.

부모님은 내 어리광을 많이 받아 주셨고 아주 사랑해 주셨어. 이런 말하기는 좀 그렇지만…… 학교에서 공부도 제법 잘했지. 병 속에 담긴 편지에서 네 꿈들을 얘기하며 영화감독이나 소아과 의사가 되고 싶다고 했지? 난 있잖아, 늘 의사가 되길 꿈꿔 왔어. 무슨 문제가 있는지 살펴보면서 우리에게 관심을 가지는, 상세한 질문을 던지면서 고개를 기울이는 의사의 모습이 좋았어. 의사가 처방전을 쓰기 위해 펜을 들면 그땐 만사 오케이 해결된 것이고 이젠 모두 나을 거라는 기분을 느끼게 되잖아. 의사들은 요술쟁이 같아. 나는 말이야, 뭔가 기적을 만들 수 있다는 게 참 좋아.

어렸을 때, 아니, 그렇게 어리지도 않았지만, 뭔가 이루어지길 바랄 때면 나는 눈을 감고서 안간힘을 쓰곤 했어. 그렇게 하면 한두 번은 이루어지기도 했는데, 그게 전적으로 우연이라는 걸 난 이미 알고 있었지. 그래서 내가 깨달은 건 기적을 만들려면 노력을 해야만 한다는 것이었어.

1994년에 야세르 아라파트가 가자로 돌아왔을 때, 아버지가 손에 책 한 권을 들고 내 방으로 들어와서 말했어. "나임, 오늘부터 히브리어를 배우는 거야. 앞으로 이스라엘인들과 평화롭게 지내게 될 테니까. 이게 바로 그들의 언어를 열심히 배워 둬야 하는 이유란다."

그래서 난 매일 저녁 학교 숙제를 마치고 나면 히브리어 알파벳을 익혔고, 우리 말과 무척 닮은 너희 말을 공부했어. 난 곧 동사 변화를 달달 외우게 되었고, 공부도 하고 어휘도 늘릴 겸 이스라엘 텔레비전 방송을 보는 습관을 갖게 되었어.

너, 처음에 그랬지? 텔레비전 시리즈로 늘 보게 되는 미국 젊은이들의 모습은 아주 잘 알고 있다고. 내게는 너희들이 그랬어. 난 텔레비전에서 너희들을 발견했던 거야. 그러던 어느 날, 난 좀 멀리 가 보고 싶어졌어. 2000년 여름이었지. 그때 난 열일곱 살이었는데 가자에서 지겨운 방학을 보내고 싶지 않았던 데다가 돈도 좀 벌고 싶었거든. 난 부모님한테 이스라엘에 가서 일할 수 있도록 허락해 달라고 했어. 부모님은 망설였어. 아마 자존심 때문이었을 거야. 아들이 이스라엘에서 막노동을 하지 않아도 생활하는 데는 큰 문제가 없었거든. 내가 계속 고집을 부렸더니 결국은 받아들였지만.

에레즈에 있는 검문소를 지나려면 매일 새벽 3시에 일어나야만 했어. 아버지는 좀 우울한 모습으로 나를 거기까지 데려다주셨지만 그와 달리 난 흥분해 있었어. 모험을 하러 떠나는 기분이었거든. 다른 젊은이들과 지쳐 있는 가장들과 함께 두 시간 동안 줄을 서서 기다려야 했어. 그들은 서로를 알고 있었어. 내겐 말을 나눌 사람이 한 명도 없었지만 혼자 있는 걸 좋아하니 아무렇지도 않았어. 검문소 저쪽에는 이스라엘 버스들이 있었지. 한 이스라엘 사람이 공사장에서 일할 사람들을 찾고 있다고 내게 말했어. 그러면서 내가 페인트칠을 할 줄 아는지, 창문과 타일을 설치할 줄 아는지, 수도 배관과 전기 배선을 할 줄 아는지 묻더군. 부모님이 우리 아파트를 칠하는 걸 한 번 도운 적이 있어서 난 안다고 대답했지. 버스가 텔아비브를 향해 달리기 시작했어. 나만 빼곤 모두 자더군. 나는 하나도 놓치지 않으려고 눈을 반짝거렸지.

처음엔 좀 실망했어. 넓은 회색 벌판은 가자와 별다를 게 없었거든. 그러다 텔아비브 교외에 가까워졌어. 나는 놀랐어. 간판들이 히브리어, 영어, 아랍어로 쓰여 있었으니까. 마치 우리 동네에 와 있는 기분이었어.

거리엔 팔레스타인 정부 인사들이 타고 다니는 차만큼 멋진 차들이 오가고 있었어. 집들은 우리와 비교도 안 될 정도로 훨씬 하얗고, 훨씬 크고, 훨씬 높았어. 정원에 아이들 놀이 기구가 있는 집들이 많다는 것도 그때 알았지.

텔아비브에 도착하면서는 엄청나게 높은 건물들, 진짜 마천루를 보았어. 저기에 올라가면 어떨지 궁금해서 한두 군데에는 가 봐야겠다고 생각했지.

나를 고용한 사람의 이름은 아비였어. 깨끗하게 일을 잘하면 하루 일당으로 100셰켈을 주겠다고 했어. 내가 아빠보다 더 많은 돈을 벌게 된다니 기분이 묘했지.

공사장으로 가는 길에서 내가 보는 것은 티끌 하나도 놓치지 않았어. 천 쌍의 눈을 가졌으면 좋으련만. 내가 본 적이 없는 가게들, 카페를 닮은 미용실들, 박물관을 닮은 레스토랑들⋯⋯. 나는 아비를 거기다 내버려 두고 산책이나 하고 싶었지만 그럴 수가 없었지.

난 제발 그가 쉬운 일을 주길 기도했어. 하긴 설령 일이 잘못되어 내가 거짓말을 했다는 걸 그가 알아차리게 되더라도 그 즉시 나를 가자로 돌려보낼 수는 없을 테니 이스라엘에서 한나절의 바캉스는 보낼 수 있겠구나 생각하면서 말이야. 우리들이 작업해야 하는 아파트에 도착했을 때 아비가 내게 말했어. "자, 너, 부엌 페인트칠을 하도록 해. 겹칠을 해야 한다."

아비가 건네준 작업복을 입고 롤러로 칠을 하기 시작했어. 누군가 켜 놓은 라디오에서 좋은 음악이 흘러나왔고, 우리는 그렇게 아침 내내 일했어. 나는 간간이 창밖을 바라보곤 했어. 등교하는 아이들, 산책하는 노인들, 장 보는 여자들, 휴대폰으로 통화를 하면서 버스를 기다리는 사람들. 무척 조용하고 가자보다 훨씬 평온해 보여서 난 슬퍼졌어. 그러면서도 거기 있는 게 행복했지. 정오가 되자 사람들이 챙겨 온 도시락과 과일들을 가방에서 꺼냈어. 나, 나는 먹을 걸 가져오지도 않았고 가진 돈도 없었지. 아비가 굵직한 목소리로 내게 말했어. "어이. 새로 온 너! 빈속으로 일할 수 있을 것 같아?" 나는 눈을 아래로 깔았지. 아비가 내 팔을 잡으면서 말했어. "자, 아래에 가서 뭐 좀 사 오도록 하자고."

나는 아비를 따라갔어. 말투가 꼭 우리 외삼촌, 캐나다로 이민 간 하산 삼촌 같았어.

나머지 시간은 아주 빨리 지나갔어. 아비는 우리가 처음 만났던, 버스가 기다리는 곳으로 우리를 데려다주었어. 그가 내게 지폐를 내밀며 말하더군. "너, 일 잘했어. 내일도 와!"

그렇게 보름이 흘렀지. 매일 아침과 저녁마다 다른 공간을 펼쳐 보이는, 보이지 않는 커튼을 지나는 느낌이었어. 가자에서 텔아비브, 텔아비브에서 가자. 그 두 도시를 가르고 있는 것을 너한테 어떻게 설명해야 할지 모르겠어. 가자에선 군중의 소리가 들려. 텔아비브에선 자동차 소리가 들리지. 가자의 거리는 사람들로 꽉 차 있어. 텔아비브에선 머리를 치켜든 채 혼자 아니면 무리를 지어 다니는 여자아이들을 보게 돼. 공기의 냄새가 달라. 아마도 더 많은 나무들, 차들, 레스토랑들, 돈이 존재하기 때문일 거야. 어쩌면 여자들의 향수와 해변에 있는 사람들의 선크림 때문인지도 모르지. 나는 매일 아침과 저녁, 두 곳을 오갈 때마다 1만 킬로미터 정도는 내달려 온 것만 같았어. 이렇게 다른 두 도시가 단지 70킬로미터만 떨어져 있다는 건 말이 안 되니까.

아비는 친절했어. 어느 날 내가 나뒹굴던 신문을 읽고 있는 걸 보고는 그랬지. "너, 히브리어를 잘하더니 읽을 줄도 알아?" 나는 그렇다고 했지. "네, 아버지가 가르쳐 줬어요."

아비는 놀라는 눈치였지만 다른 말은 더 하지 않았어.

하루는 그가 나더러 청록색 타일을 욕실에 깔라고 했어. 텔아비브 북쪽에 있는 아주 멋진 집에서 작업할 때였지. 나는 이제껏 한 번도 타일을 깔아 본 적이 없다고 사실대로 말했어. "그러면 첫날 나한테 거짓말을 했던 거야?"라고 그가 물었어. 나는 고개를 떨궜어. 난 '거짓말하다'라는 동사를 싫어해. 그가 그 단어를 나와 연관시켜 사용하는 걸 원치 않았지. 아비가 화를 내며 날 해고할 거라고 생각했는데 내 어깨에 손을 얹더니 이렇게 말했어. "이리 와, 내가 보여 주지. 너한테 팔이 없는 게 아니라면 겁먹을 거 없어. 대신 오늘 일당은 좀 적을 거다. 왜냐하면 네가 앞으로 살면서 유용하게 써먹을 기술을 가르쳐 주는 데다가 네가 잘만 하면 그 덕분에 아주 많은 돈을 벌게 될지도 모르니까 말이야."

어느 날 저녁, 공사장에서 인부 네 명이 일하고 있었는데 아비가 우리더러 남으라고 했어. 가자 지구가 낮 동안 봉쇄되어 버려서 내일 우리를 데리러 갈 수가 없다고. 우리를 텔아비브에 남겨 둔 것 때문에 벌금을 내게 된다 해도 공사징 일이 지연되는 것보다는 차라리 낫겠다면서 말이야. 나 말고 나머지 세 사람은 곧장 그러겠다고 했어. 그들은 이스라엘에서 자는 게 습관이 되어 있는 것 같았어. 난 우리 부모님에게 알려야 한다고 했지. 아비는 내가 전화를 할 수 있도록 휴대폰을 꺼내 줬어.

엄마는 내가 텔아비브에 남는 걸 원치 않았어. 혹시나 체포될까 봐 걱정하신 거지. 왜냐하면 팔레스타인 사람들은 저녁 8시 이후에 이스라엘 땅에 있으면 안 되거든. 난 걱정하지 말라고, 여기 책임자가 다 알아서 해 줄 거라고 대답했어.

침낭과 샌드위치를 가지고 온 아비는 내게 다가와서 이렇게 말했어.

"나임, 넌 공사장에서 자기엔 너무 어려. 너만 괜찮다면 우리 집에서 자도 돼."

난 나머지 세 명에게 의견을 물으려고 그들을 쳐다봤어. 그들은 어깨를 으쓱해 보이더군. 그렇게 해서 나는 아비와 함께 그의 집으로 갔어.

그날 저녁에 나는 처음으로 이스라엘 사람 집에 들어가 봤어. 아비는 아내 오스나와 탈이라는 이름의 딸을 인사시켜 줬어. 아들은 헤브론 근처 이스라엘―팔레스타인 정찰 지역에서 군 복무 중이라고 하더군. 너도 잘 기억하겠지만, 그때 당시 너희와 우리는 평화회담 중이었잖아. 야세르 아라파트와 에후드 바라크가 최종 합의를 위해 미국의 캠프데이비드에서

184

빌 클린턴 대통령을 다시 만날 참이었고. 그건 평화나 마찬가지였고, 특히 우리에게는 독립이었지.

그렇다고 해서 내가 그때 그런 일들을 생각하고 있던 건 아니었어. 나는 나를 반겨 주는 사람들의 집에 있었고, 그저 그게 좋았어. 아주 많이.

우리는 모두 함께 식사를 했어. 아비의 아내와 딸은 가자에 대해서, 우리 가족에 대해서 수많은 질문을 던졌지. 그들은 내가 히브리어로 말하면서 틀리지도 않을 뿐 아니라 어지간한 이스라엘 사람들보다 더 말을 잘하는 걸 보고 경탄했어. 난 꽤 으쓱해졌지. 식사를 마칠 때쯤 아비가 내게 말했어. "평화의 안착을 위해. 나임, 우리 두 민족은 오늘 저녁 우리가 같이 식사를 한 것처럼 함께 살아가야 해."

그런 다음, 탈이 내게 텔레비전을 같이 보자고 했어. '누가 백만장자가 되고 싶은가?'라는 퀴즈 프로그램이 방영되고 있었어. 내가 거의 모든 문제의 정답을 맞혔더니 탈이 그랬어. "너도 저기 나가야겠는데!" 나는 저런 프로그램에 팔레스타인 사람이 참가할 수 있는지 모르겠다고 대답했어. 탈이 말했지. "곧 바뀔 거야."

그날 이후 몇 주 동안 나는 꽤 자주 그 집에서 잤어. 힘든 일을 하고는 있었지만 마치 바캉스 같았지. 행복이 충만한, 부자이면서 그걸 나와 나누길 원하는 친척 집에 가 있는 기분이었어. 나는 그들의 욕실, 가죽 소파, 오스나 아주머니가 수집하던 그릇 소품, 그들의 웃음소리, 내게 손을 뻗치며 "샬롬, 나임!" 하고 인사하는 방식을 좋아했어.

그러다 나는 탈을 사랑하게 되었지.

탈은 아주 짧은 금발에 콧날이 오뚝했고, 자주 책상다리로 앉곤 했는데 난 그게 좋았어.

탈은 나와 얘기를 나눌 때 우리 쪽 여자애들처럼 두 눈을 내리깔지 않았지.

그 애는 농담도 많이 하고 말장난도 잘했어. 아무것도 아닌 일에 폭소를 터뜨리기도 했고, 가라테 검은 띠였지. 짧은 바지에 샌들, 민소매 옷차림. 오른쪽 귀에 귀고리 세 개, 왼쪽엔 한 개를 달고 있었고.

가끔씩 탈은 자기 방에서 음악도 듣게 해 줬어. 때론 탈의 친구들이 와서 함께 있거나 같이 외출하곤 했지. 나를 아무렇지 않게 대하는 애들이 있는가 하면 경계하며 바라보는 애들도 있었어.

하루는 탈이 나한테 콧수염을 깎으면 더 잘생겨 보일 거라면서 콧수염이 나를 겉늙어 보이게 한다고 하더군. 그리고 웃으면서 이렇게 말했어. "그러고 있으니 너, 이집트 영화배우 닮았어!"

그다음 날로 난 면도를 했지.

나는 저녁이면 아비가 나한테 자기 집에 가서 자자고 말해 주길 기다렸어. 가자에 돌아가고 싶지 않았고, 집에선 말수가 줄었고, 늘 탈과 텔아비브 생각만 했어. 자유로운 소녀와 자유로운 도시를.

탈도 날 사랑했다고는 생각하지 않지만 어쨌든 날 좋아하긴 했어. 내가 자기 오빠보다 참을성이 더 많다고 얘기하곤 했지. 내겐 그것만으로도 충분했거든.

8월이 끝나갈 즈음엔 탈이 없는 내 삶을 상상조차 할 수 없게 되어 버렸어. 야세르 아라파트와 에후드 바라크가 미국에 갔지만 합의에 이르지 못한 게 바로 그 무렵이었지. 나는 그 일은 별로 신경 쓰지도 않았어. 그땐 뉴스 같은 건 귀에 들리지도 않았거든. 우리 아버지는 걱정하는 기색이었지만 난 신경 쓰지 않았지. 독립이 지연되고 미뤄지고 늦춰지는 데 하도 익숙해져 있다 보니 언젠가 정말 독립이 이루어지는 날엔 우리 모두 심장마비를 일으키게 될 것 같았으니까. 좀 더 기다리는 거야 별일 아니라고 생각했지 뭐.

9월이 되고, 탈은 개학을 했어. 고등학교 졸업반. 나는 고등학교를 마쳤지만 곧장 대학에서 학업을 잇고 싶지는 않아서 부모님한테 이렇게 얘기했지. "1년 동안 이스라엘에서 계속 일하면 학비를 모으는 데 큰 도움이 될 거예요."

어느 날 저녁, 탈이 수학 문제 하나를 풀지 못해서 투덜대더군. 내가 도와주겠다고 했지. 우리가 배운 거랑 똑같아서 잘 아는 내용이니 도와주는 건 간단했거든. 탈은 아주 기뻐했어. 그날 저녁 우리는 오랫동안 그 애 방에 남아서 음악도 듣고, 얘기도 하고, 침묵을 즐기기도 했어. 그 애는 아주 부드럽게 웃으며 나를 쳐다보곤 했어. 탈에겐 남자 친구가 있었는데 군 복무 하러 가서는 거기서 다른 여자애를 알게 되어 탈을 떠나 버렸다고 하더라고. 그 애는 자기가 언젠가는 천생연분을 알아볼 수 있을지, 아니,

천생연분이 정말 존재하긴 하는지 궁금하다고 했어. 난 모르겠다고 대답했지. 나는 탈에게 이렇게 얘기하고 싶었어. 심장이 지금까지와는 다른 방식으로 뛰게 될 때, 어느 날 저녁 다른 느낌으로 잠자리에 들게 되고 잠을 이룰 수 없게 될 때, 아주 배가 고프거나 전혀 배가 고프지 않게 될 때, 다른 사람은 전혀 생각하지 않게 되고 오로지 그 사람만을 생각하게 될 때 그게 바로 사랑이라고. 난 말할까 말까 망설이다 그냥 말해 버렸어.

탈은 살며시 웃으며 나를 바라보았어.

"나임, 넌 섬세한 마음을 가졌어."

난 다리가 떨려 왔어. 내일 일찍부터 일해야 하니까 자야겠다고 했지.

그 뒤 며칠 동안 일거리가 없어서 나는 가자에 머물렀어. 아무것도 하지 않고 계속 그 애만을 생각하면서.

다른 일자리를 구할 수도 있었겠지만 그건 내게 별 의미가 없었거든.

가자는 분노로 끓어오르고 있었어. 야세르 아라파트가 이스라엘을 믿은 게 잘못이고, 그들과는 절대로 협상을 해선 안 되는 거였다고 사람들은 말했지.

2000년 9월 29일, 예루살렘에서 팔레스타인 사람들과 너희 쪽 경찰들 간에 충돌이 있었지. 부상자들과 사망자들이 생겨났고. 제2차 인티파다가 일어난 거였어.

너도 나만큼 잘 알고 있을 테니 그 얘긴 안 해도 되겠지? 아니, 그렇다기보다는 넌 너희 이스라엘인들이 다친 사건들을, 난 우리 팔레스타인 사람들이 사살된 사건들을 더 잘 알고 있다고 해야겠지.

가자 지구는 오랫동안 봉쇄되었어. 그리고 이스라엘에서 테러가 늘어나자 내 또래의 청년이 이스라엘에서 일하는 게 금지되었어.

그 뒤로 난 탈과 아비와 오스나를 볼 수 없었고, 그들의 소식도 들을 수 없었어.

그래서 난 결심했어. 여기를 떠나겠다고. 자유로운 세상에서, 내가 원하는 곳에서 원하는 사람과 함께 있는 걸 방해하는 총성이 없는 세상에서 자유롭게 살기 위해 이 저주받은 곳을 떠나겠다고.

나는 아버지의 책들을 가지고 공부하고 또 공부하면서 책 속에 파묻혔어. 엄마의 동생 하산 삼촌이 그랬거든. 내가 좋은 점수를 받으면 캐나다에서 공부할 수 있는 장학금을 받을 수 있을 거라고. 나는 좋은 점수를 받는 정도가 아니라 아주 뛰어난 점수를 받으려고 노력했어. 필요한 서류들을 보냈고, 우편으로 필요한 시험에 응시도 했어. 희망을 가졌는가 하면 절망하기도 했어.

그리고 드디어 오늘, 회신을 받았어. 합격한 거야!

그래서 지금 떨려. 적어도 몇 년 동안은 파올로와 윌리처럼 살 수 있게 된 거야. 의사가 되는 거야. 그런 다음 내가 태어난 이 땅으로 되돌아올 거야. 많은 게 변하기를, 우리에게도 나라가 생기기를, 구급차의 사이렌이 교통사고와 심장마비 같은 일로만 울리기를 바라고 또 바라지만 당분간은 나, 그저 나 자신에게만 전념하고 싶어.

탈, 그동안 네 편지를 읽고 너한테 메일을 쓰는 게 좋았어. 이제야 넌 이해할 수 있을 거야. 내가 때론 글을 쓰고 읽는 게 여의치 않았다는 것. 그게 정치적인 이유 때문이 아니었다는 것 말이야.

넌 좋은 아이야. 너그럽고, 또 여린.

물론 또 글을 주고받을 수는 있을 테지. 인터넷이 있으니까. 하지만 난 당분간은 내 기억 속에 있는 지난 몇 년의 일들을 지워 버리고 싶어. 너도 포함해서 말이야. 그곳 캐나다에서 나는 새로워지고 싶어. 밤낮으로 요동하는 이 땅, 네가 잠드는 걸 방해하고 나 자신만 생각하는 걸 방해하는 이 땅에 집착하지 않으면서. 언젠가 사람들은 폭력 속에선 승자가 있을 수 없으며 전쟁에선 모두가 패자일 수밖에 없다는 걸 알게 될 테지. 한 마디로 엉망진창이라는 걸.

하지만 난 널 완전히 잊어버리진 않을 거야, 탈.

언젠가 네가 그랬지. 나하고는 늘 반복해야 한다고. 그게 사실이야.

그러니 너와 니, 우리 그 병의 기적을 반복하기로 해. 내가 그 병을 가지고 갈게. 3년 뒤, 2007년 9월 13일 정오에 로마 트레비 분수 앞에서 우리 만나기로 해. 파올로가 그곳에 대해서 얘기를 많이 해 줬어. 네가 극장에서 본 오드리 헵번의 영화를 기념하는 게 될 거야. 네가 보낸 병을 품에 안고 있을게. 아주 로맨틱할 거야. 안 그래? 재미있는 생각이잖아. 어서 로맨티스트가 되고 싶어서 벌써부터 기다려져.

3년 뒤에. 이건 약속이야.

그때까지 잘 지내.

나임.

옮긴이의 말

센 강에 실려 온 유리병 하나

중동 문제에 관심을 갖게 되면서 그 문제와 관련하여 읽고 싶은 책들의 목록을 만든 적이 있습니다. 유대계 프랑스 작가 발레리 제나티가 쓴 『가자에 띄운 편지』도 그 목록에 있던 책이었습니다. 이 책은 다른 책들보다 나중에 읽게 되었지만, 책을 펼쳐 든 뒤에는 단숨에 읽어 내려갔습니다. 그 '단숨' 동안 주인공인 탈과 나임과 호흡을 같이 하면서 웃음을 머금기도 하고, 가끔씩은 글의 행간에 머물러 눈시울을 적시기도 했습니다.

이 책에는 현실을 날카롭게 분석하는 사회과학 도서들이 전하지 못하는 '사람의 입김'이 깃들어 있습니다. 그 '사람'은 자신도 모르게 우리 편 아니면 적이라는 식으로 무리를 짓고 날 선 무기로 무장하고 있는 익명의 집단, 복수로서의 '그들'이 아닙니다. 선과 악이라는 흑백논리의 명찰을 달고 있는 것은 더욱 아닙니다. 그 '사람'은 그냥 '나'를 닮은 '너', '너'를 닮은 '나'입니다. 내가 너일 수 있고, 네가 나일 수도 있는, 숨쉬고, 느끼고, 꿈꾸고, '장애를 넘어 교감하고 대화할 수 있는 언어'를 가진 인간입니다.

이 책의 감동과 메시지를 한국의 독자들과 함께 나눌 수 있게 되어 참 기쁩니다. 독자 여러분들에게도 이 책에 깃들어 있는 '사람의 입김'이, 그 입김이 전하는 희망의 메시지가 전해지길 바랍니다.

이 책의 작가 발레리 제나티를 만난 건 번역이 끝나갈 무렵이었습니다. 중동이 아니라 파리에 있는 우리는 탈과 나임처럼 3년의 세월을 기다릴 필요가 없었습니다. 우리에겐 익명도 필요 없었습니다.

만날 약속을 하면서 제나티는 갈색의 짧은 머리를 하고 있을 거라고 얘기했고, 나는 이 책을 가지고 나가겠다고 했습니다. 먼저 도착하게 되면 책을 탁자 위에 두고, 혹시나 늦게 되면 책을 손에 들고 있기로 했지요.

그날, 약속 시간 5분 전쯤 카페에 도착했습니다. 날씨가 쾌청해서 빈자리가 거의 없는 카페의 테라스에서 책을 꺼내 손에 들기도 전에 저쪽에서 사진으로만 봤던 얼굴이 웃음을 지으며 다가왔습니다.

그렇게 2006년 9월 햇볕이 좋았던 어느 날에 로마의 트레비 분수가 아닌, 파리의 센 강이 가까운 한 테라스 카페에서 발레리 제나티를 만났습니다. 탈과 나임의 얘기를 듣기 위해, 그리고 작가 자신의 얘기를 듣기 위해.

이스라엘-팔레스타인 분쟁을 둘러싼 실제 사건들이 배경이 된 이 소설은 2003년 9월 9일에 예루살렘의 한 카페에서 일어난 실제 사건을 계기로 쓰여졌습니다. 그러니까 원고를 집필하기 시작한 날짜가 책의 내용이 시작되는 날짜와 동일한 것이지요. 십대 시절을 예루살렘에서 보낸 제나티는 당시 파리에서 라디오 뉴스로 그 소식을 접했다고 합니다.

"2003년 9월 9일에 예루살렘의 한 카페에서 테러가 일어났어

요. 그날은 팔레스타인과 이스라엘이 서로를 승인한 지 10주년이 되는 날이기도 했지요. 나는 10년 전의 그 엄청난 희망을 기억하고 있었어요. 테러가 일어났던 그날, 난 글을 쓰고 싶은 욕구를 아주 강하게 느꼈어요. 뭔가를 쓰지 않으면 다시는 뉴스를 들을 수 없게 되어 버릴 것 같았거든요. 내가 쓰고 싶은 건 픽션이었어요. 픽션에서는 어떤 만남도 가능하니까요. 해결되지 않는 분쟁이 아닌, 다른 무언가가 일어나는 만남의 공간이 될 수 있으니까요. 작품을 쓰면서 나는 이중 감정이입이라는 놀라운 경험을 했어요. 덕분에 예루살렘과 가자를 자유롭게 넘나들 수 있었죠. 그건 아주 가슴 벅찬 일이었어요."

사실 이-팔 분쟁은 현재의 국제정세와 세계화된 정보 환경 속에서 여러 가지로 정치적인 의도가 덧칠되어 보도되는 단골 소재입니다. 제나티는 매스미디어가 이-팔 분쟁을 다루는 과정에서 마구 잘려지고 제멋대로 정돈되고 특정한 이미지로 고착된 정보들이 놓쳐 버린 인간, 개체로서의 인간에 초점을 맞춥니다. 그래서 작가는 각 진영의 대변인이기를 거부하면서 꿈을 꾸는 두 명의 젊은이들에게 줌렌즈를 들이댑니다. 타인에게 감정이입할 수 있는 픽션의 내레이터로서 말입니다.

196

"'팔레스타인인들'이라는 복수에서 '나임'이라는 한 사람에게로, '이스라엘인들'이 아닌 '탈'이라는 한 사람에게로 다가가는 데 초점을 맞추었어요. 운명과 삶의 얘기. 하지만 운명에 발이 묶인 삶이 아니라 꿈과 희망을 가꾸어 가는 삶에 대한 얘기……."

기성세대의 기약이 수없이 어긋나 버린 현실에서 꿈을 간직하는 젊은이들의 얘기. 그렇듯 익명의 증오에 희망의 이름을 심으려는 작업을 진행하면서 제나티는 탈이 되고 나임이 되었습니다.

"사실은 탈보다 더 자주 나임이 되려고 했어요. 인물들에 대한 특별한 모델은 없었어요. ……아뇨, 감정을 이입하기가 어렵지 않았어요. 내가 팔레스타인 사람들을 잘 알고 있다고는 말할 수 없겠지만 그 상황은 잘 알고 있거든요."

분쟁의 현장에서 청소년기를 보낸 작가는 그곳 청소년들의 감수성을 잘 알고 있었다고 합니다. 청소년 시절 작가의 모습은 탈과 나임 중 누구를 더 닮았느냐고 물어보았습니다.

"둘 모두요. 탈처럼 순진하고 나임처럼 반항적이었죠. (웃음) 물론 반항의 내용은 나임과 달랐지만요. …… 이 책이 출간되고 난 뒤, '빌렐'이라는 팔레스타인 청년을 알게 되었어요. 파리에서 공부하고 있는 청년이죠. 나임에게 자신의 모습이 그대로 나타나 있어서 아주 놀랐다고 말하더군요."

제나티는 어느 책 관련 행사 이야기도 덧붙였습니다.

"아랍 국가들도 포함해서 세계 10여 개국의 청소년들이 참석한 자리였어요. 그 청소년들이 다가와서 그러더군요. 이런 책을 써 줘서 정말 고맙다고, 다른 환경에서 살아가는 타인들을 좀 더 이해할 수 있게 되었다고요."

두 진영의 대변인이기를 거부하려는 작가의 의도대로, 탈과 나임은 당연히 중동의 젊은이들 전체를 대변하지 않습니다. 오히려 소수의 경우라고 해야 할지 모릅니다. 나임의 반항과 탈의 순진함은 돌파구를 도저히 찾을 수 없는 어두운 현실에서 불가능한 꿈을 좇는 것처럼 보이기도 합니다. 하지만 바로 그래서도 탈과 나임은 꿈을 꾸고, 그 꿈을 실현하려고 하는 것이지요.

제나티는 우리의 주인공들이 약속대로 그 장소에서 만날 것이라고 말했습니다. 또 나임이 돌아올 때는 이 지역의 상황이 달라져 있기를 바란다고, 평화를 호흡할 수 있어야 평화를 이룰 수 있다고 덧붙였습니다.

이스라엘 내부에서 평화와 정의를 갈구하는 목소리가 좀 더 크게 울려 퍼져야 한다는 이야기, 이스라엘 내부의 평화운동의 존재야말로 이 사태의 돌파구를 열어 줄 수 있는 활력소임에도 나날이 정치화되는 현 상황 때문에 언론조차 외면하고 있는 현실이 안타깝다는 이야기, 세계가 그들을 돕고 지지해 주어야 한다는 이야기를 끝으로 우리는 자리에서 일어났습니다.

작가를 만나고 돌아오는 길에 센 강에서 불어오는 잔잔한 바람이 얼굴을 스쳤습니다. 문득 가자의 바닷가에 앉아 바닷바람을 맞으며 탈의 편지를 읽고 있는 나임의 모습이 떠올랐습니다.

'그래, 나임, 나도 기적을 만들 수 있다는 생각이 참 좋아.'

〈르 몽드〉와의 인터뷰에서 제나티는 "문학은 세상과 자신을 이어 주는 소중한 것"이라고 말했습니다. 평화의 메시지를 담은 이 소설을 읽으며 우리는 탈이 되고 나임이 되어 이 시대의 또 다른 인간 조

199

건을 경험해 보게 됩니다. 제나티는 매스컴이 쏟아 놓는 수많은 증오, 탱크가 오가고 총성이 끊이지 않는 증오의 한 모퉁이, 아무도 보지 못하고 지나는 그 모퉁이 어딘가에서 돋아나고 있을 푸른 새싹으로 우리를 안내합니다.

P.S. 등장인물 중 탈의 남자 친구인 '리오르'의 이름은 원래 히브리어로 빛을 뜻하는 '우리(Ouri)'였습니다. 하지만 이 이름은 한국어 '우리'와 섞여 혼동을 줄 우려가 있어 작가와 이 문제를 상의했습니다. 그래서 제나티가 내놓은 대안이 '리오르(Lior)'였습니다. 히브리어로 '나에게 빛'이란 뜻의 이 말은 "담갈색 눈동자와 피아니스트의 손을 가진" 인물에 잘 어울리는 이름이었습니다. 그렇게 해서 프랑스판 원서의 '우리'는 한국에서 '리오르'라는 이름으로 다시 태어나게 되었습니다.

그리고 10년

이 책이 출간된 지 11년, 한국에 소개된 지도 10년이 훌쩍 지났습

200

니다.

10년이면 강산도 변한다는 말이 소원한 요즘입니다. 요즘의 변화 속도라면 10년 변화의 결과는 상상조차 힘들기 때문입니다. 그럼에도 불구하고 그동안 하나도 나아진 게 없는 중동 및 근동의 소식을 접하며 마음이 아픕니다.

이 책을 한국의 독자들에게 처음 소개할 때만 해도, '기적'이라는 단어 뒤에 '실현 희망'의 붓질을 흠뻑 덧칠했는데 말이지요.

하지만 그래서도 더욱 되새겨 봐야 하는 염원이 바로 "평화"가 아닌가 합니다. 그러지 않으면 우리가 잊어버리고 말, 평화가 될지도 모르기 때문입니다.

우리 모두 끊임없이 되뇌며 염원하고 있노라면, 평화는 결코 사라지지 않고 영원히 우리 곁에 머무는 현실이 될 거라고 생각해 봅니다.

— 2017년 1월 이선주

P.S. 원래 이 후기 부분에는 나임과 탈의 근간의 얘기들을 저자가

귀띔해 주길 바랐습니다. 픽션 속의 또 하나의 픽션이겠지만, 또 하나의 희망을 심어 본다는 의지를 담아서요. 하지만 그렇게 되지 못해서 애석합니다.

대신 독자 여러분께 이 자리를 남겨 놓습니다. 자신만의 평화 메시지를 남겨 보세요.

2024년 개정판 독자들에게

『가자에 띄운 편지』는 첫 장 제목에 나오는 날짜인 2003년 9월 9일에 쓰기 시작했습니다. 그날 밤, 저는 파리 집에서 예루살렘에 사는 친구와 전화 통화를 하고 있었습니다. 서로의 삶과 일, 아이들에 대해 이야기하던 중 갑자기 폭발 소리와 유리창 깨지는 소리를 들었습니다. 친구의 집 근처 카페에서 폭탄 테러가 발생한 것이었습니다. 이미 이스라엘과 팔레스타인은 3년째 '두 번째 인티파다'라는 폭력의 순환 속에 갇혀 있는 중이었습니다. 거의 매일 테러와 보복이 이어졌지요.

그날 9월 9일은 10년 전 이루어진 오슬로 협정의 기념일이기도 했습니다. 오슬로 협정 당시 이스라엘인과 팔레스타인인은 서로를 인정하며, 각자가 자신의 땅에서 살 권리를 인정하고 정치적 해결책을 위해 노력하기로 약속했습니다. 하지만 그 약속은 양쪽 모두 지키지 않았습니다. 10년 동안 희망에서 절망으로, 대화를 시도하는 의지에서 무력으로 상대를 굴복시키려는 의지로 변했습니다.

저는 80년대에 이스라엘에서 청소년기를 보낸 덕분에 두 민족을 잘 압니다. 1991년부터 다시 프랑스에 살고 있지만 여전히 이 지역과 그곳의 갈등에 깊이 연관되어 있습니다. 친구 집 근처에서 테러가 발생한 그날 밤, 저는 불안, 애착, 그리고 상대방을 적이 아닌 인간으로 바라봐야 한다는 절박함을 표현하기 위해 글을 써야 했습니다. 폭력 외에 다른 방법으로 두 민족, 특히 양쪽의 젊은이들이 서로를 이해하지 못하면 최악의 상황으로 치달을 수 있다고 느꼈습니다.

이렇게 해서 『가자에 띄운 편지』가 세상에 나오게 되었습니다. 이책이 한국어로 번역되어 출간된 것은 저에게 큰 기쁨입니다. 저는 이책과 영화에 대해 이야기하기 위해 두 번이나 부산에 다녀왔습니다. 제 등장인물들에 애착을 가진 독자들과 멋진 대화를 나눴고, 탈과 나임이 독자들의 마음속에서 살아간다는 사실에 행복했습니다. 하지만 그동안 가자의 상황은 더 악화되었습니다. 가자 지구에서는 2007년 하마스(팔레스타인의 수니파 이슬람주의 및 민족주의 정당이자 준군사조직-편집자)가 무력을 통해 권력을 잡았고, 팔레스타인인들을 공포에 떨게 하며 정기적으로 이스라엘을 로켓과 미사일로 공격했습니다. 이스라엘에서도 우파와 극우파가 권력을 잡았고, 정권은 타자를 배척하는 정책을 펼쳤습니다.

마침내 2023년 10월 7일, 최악의 상황이 벌어졌습니다. 하마스 테러리스트들이 1200명의 남녀, 아기, 노인, 태국 노동자, 네팔 학생, 평화를 위해 사막에서 춤을 추던 젊은이들, 병사, 심지어 이스라엘의 팔레스타인인들까지 잔혹하게 공격한 것입니다. 도무지 상상조차 할 수 없는 끔찍한 일이었습니다. 그날 이후 이스라엘의 보복이 전례 없는 규모로 진행되었으며, 이 글을 쓰는 지금도 계속되고 있습니다. 수많은 민간인, 어린이들을 포함한 수십만 명의 사망자가 발생했으며 가자 지구는 처참하게 파괴되었습니다. 20년 전에도 이스라엘-팔레스타인 분쟁 때문에 마음이 아팠지만, 지금은 때때로 심장이 멈추는 것 같은 느낌이 듭니다.

이런 상황 속에서 오늘날 『가자에 띄운 편지』를 어떻게 읽어야 할까요?

이 책은 20년 전에 쓰였지만 저는 여전히 젊은 탈과 나임이 가진 열망을 통해 세상을 바라보고 있습니다. 각자가 자유로운 개인으로 존재할 수 있기를 바라는 깊은 소망과 함께, 그들의 표정과 역사, 꿈을 존중하는 마음으로 말입니다. 여러분이 이 책에서 만날 인물들은 오직 한 가지의 가능한 해결책을 가지고 있습니다. 바로 대화입니다. 비록 그것이 불가능해 보일지라도 말이에요. 덧붙여, 모든 사람을 위한 인도주의와 함께요.

제 책을 읽은 여러분이 세상을 조금 더 아름답게 만들어 가기를 바랍니다.

— 2024년 6월 20일 파리에서

발레리 제나티